滨海夜话

凡事絮语

梁良 著

山东大学出版社

自序

2012年初，经几位青年朋友的诱导、指教、帮助，我抱着好奇的心态，注册开通了微博，为观察和参与生活、社会、世界打开了一扇天窗。此时方知微博的兴起已两年多了，正呈方兴未艾、风起云涌之势，内心的强烈震撼是自己太闭塞、太落后、太无知了！

从那之后，微博就慢慢融入了自己的生活、工作，成为不可缺少的一部分。刚开始时关注了几百个网友，大多为都市或境外的，也有本乡本土的，涉及经济、法律、文化、生活等领域，每天接受着潮水般涌来的信息，同时与传统媒体比对，思考、探究、领悟，感到视野放大了，眼界开阔了，思维在调整着，对“网络改变世界，微博改变中国”多了一层新的理解。接下来，就是对自认为合意的微博转发、点评一些，与网友交流、互动，有很长时间成了名副其实的“微博控”。后来，就进入140个字的大海中试着游泳了。

微博可能是新世纪的最伟大发明，实在是个好东西，是人与人之间沟通交流的广阔天地，是社会成员平等参与公共生活和国家大事讨论的崭新平台，140个字给了人们无限想象和表达的空间。刚入海中，还真不知水之深浅、浪之大小，不知如何用力和前行，经过一段时间的揣摩、碰撞、练习，逐步开始对网络上、社会上一些感兴趣的问题发表意见，参与这些问题的讨论，一些网友及时给予好评和转发，激发着粉丝逐步增多，自己的自信心不断增强。

也许当初天才的智者设计的140个字的空间，就是为我这样的人准备的。刚进门觉得140个字空间太小，能写成什么呢？慢慢悟出，不论大道理小道理、大事情小事情，还是生活百态、万种风情，都可在140个字中尽情挥洒。它考量着人们的思维方式、认识水准、理论功底、表达能力、文字水平，尤其对我这样由于工作阅历关系，对社会生活多侧面都知道一点点但大都不系统、不全面的人，更为适合些。当然，真正做学问，深入、全面地论述和研究问题，或是系统地学习知识，微博和140个字的空间就远远不够了，这是另一个问题了。

两年多下来，从无到有，积少成多，没想到在微博上发出的东西有四五十万字。梳理一下，大体分两类：一类是与这期间网络和社会上的大家关注的问题有关。这里面一种是对网友微博作的评论，有联想发挥，有延伸思考，也有质疑批评。另一种是原创，即自己对社情、民意和其他一些问题的思考、认知。这些内容归集在一起，单独做一集。再一类就比较杂乱了，涉及工作、生活、人生、文化、情感的一些方面，多是随情所感、所思和议论，归为另一集。

对我而言，两年多的微博生活是个全新的经历，是学习，是洗礼，也是提升，有很多新的体会和收获。一是微博是一个“宝库”，是一个蕴含知识、闪烁思想的藏宝库。透过微博，深感自己原来知道的确实太少了，对许多问题的认识、理解太肤浅了，微博倒逼着自己去学习、体察、比较、思考，由此不少方面有些新的认知、理解、感悟。二是微博是一所“学校”，是一所卧虎藏龙、高人云集的大学校。这里可谓“山外有山，天外有天”，是个难得的大练场，许多网友都可以成为良师益友。三是微博是一个“社会”，是一个思想多元、异彩纷呈的大社会。这里什么样的意见、观点都有，既有真知灼见者，也不乏偏激极端者，差异甚大，泥沙俱下。保持冷静、理性、理智最为重要。四是微博是一种“生活”，是一种自我丰富、享受人生的新生活。微博帮助自己矫正着思维走向，提升了认识能力、比较能力、表达能力，使时间变得短暂，心态变得年轻，活力得以激发，生活更为充实。

归在这个集子的微博，可分两部分。前一部分是按发布时间顺序自然排列的，语录体一般，段与段之间有些有逻辑关系，然大多没有，是属于在网上看到什么合适就评论一下，何时有什么想法就表达一下，段与段之间有些话语可能有重复或相似，也可能涉及同一个问题，各段着重点、表达方式、用语也不一样，看上去难免有零碎散乱之感，但也的确反映了思考的过程。后一部分是一些专项，每个专项集中谈论一个方面的问题。这些专项有些是原来发布时就设想过，分段发出后再制作出一个长微博；有些是事后把逻辑联系比较清楚的归纳在一块。总之，这是个大杂烩，是个大炒盘，也算是斑斓社会、多彩生活及个人心路的折射吧。

做了多年文字工作，也念了不少年稿子，但回想起来，少有像上微博这样用脑、用心、用力的，尤其这是在电脑上、手机上一个字一个字敲出来、写出来的，更是真正的心声倾吐、思想表达。出这样一个集子，有敝帚自珍之意，也是为了对这两年多的微博生活作一个总结，对自己比较认可的东西做个归拢，同时给玩微博的朋友作个参考，给研究新媒体的朋友提供点佐料。由于才学疏浅，视野局限，对新事物、新媒体、新语态适应较慢，也由于140个字的特殊空间，所论及的问题大多不系统、不全面、不深入，重点放在强调自己认可或倾向的方面，表达上难免失之片面，偏颇、偏激以至错谬之处也会不少，文字上尽管在归拢时个别地方作了一些订正，也难免有错处、重复或不达意、不完整、前后不大一致的地方，请看到的朋友给予谅解、理解和批评指正。

两年多来微博上的许多朋友，有知名学者、教授、律师、媒体人，也有官员、企业家、工程技术专家、普通员工；有七八十岁的老者，也有大中学校的学生，都与我进行了很好的互动，给了我很多指导、鼓励、支持。特别是他们那种忧国忧民、追求真理、勇于担当、仗义执言、百折不弯、勤奋笔耕的情怀和精神，给了我极大的鞭策。与大家尽管面不相识，但心灵互通，受益匪浅，从心底很是感激他们。他们的名字在此就不一一列举，但会永远记着他们并向他们学习、借鉴。

这本集子定名为“滨海夜话”，一是由于这是微博第一次注册时用的名字；二则是因为，微博上的大部分内容都是在夜间人静海平时写就发布的，如同在与大海对话，与天地沟通，与心灵交流。于我而言，朋友们如果感到茶余饭后还能看进去几段，就十分欣慰了；如果感到还能得到一点启迪，那就是莫大的荣耀了。

这些微博发出之后就散落在网上，李广辉、宋靖航同志为备份、归拢、整理、修正做了大量具体、琐碎的工作，在此表示衷心谢忱。

梁　良

2015 年 1 月

目录

社情观感

综　论

英国撒切尔夫人当政，与内政大臣吃饭，女服务生上汤，不小心"砰"一声，一碗热汤扣在内政大臣的脑袋上。撒切尔夫人立即起身，拥抱吓傻了的女服务生，说：别介意，我们都会犯错。李敖这位"政治顽童"后来点评此事时说道：女服务生比内政大臣更需要安慰，民众比官员更需要关怀，这个就叫作"政治"。尴尬事发生后，服务生比官员更需安慰，这就是现代理念的必然逻辑。人们经历的相关事都不少，可是几人会先去安慰服务生呢？服务生得到的肯定多是责备、呵斥。社会层级的差异就这样被步步扩大了。

家里的保姆需要鼓励，酒店的服务生需要鼓励，街头的环卫工人需要鼓励。鼓励是一种尊重、肯定和引导，也是一种人文精神。政府当然也需要鼓励，让它知道哪些是做得好的，是需要坚持的。你要人家为你服务，焉能没有鼓励之声？好的政府也是鼓励出来的，这与质疑、批评本质一致，与吹捧、拍马则完全不相及。

假定每个人都是恶人，方能设计出严格完善的制度，防止好人变成恶人；假定每个人都是好人，就难有好的制度，有了也难真正施行，好人也会变成恶人。人离开动物界并不长，恶善并存，是靠不住的，把社会整体命运寄托在个人的品德修行上是十分幼稚和天真的。人类文明史一再证明靠得住的只有制度、法律、法治。

按照每个人都是无赖的设想去设计，就有了严密的、可操作的好制度，就会最大限度地防止好人变为无赖；按每个人都是天使的设想去设计，则不可能有好的制度，好人都有可能变为无赖。这即是西方著名的“无赖假设”。

有质疑，方有清醒；有质疑，方有真相；有质疑，方有制衡；有质疑，方有公平。心底坦荡、天地无私、光明正大的政党、组织、政权当经得起任何质疑，在质疑中纠错、完善、成熟、发展。

感恩多适用于私人空间和人对上苍、自然之间，任何组织和公权都是为人、为公众而存在的，理当对人、对公众负责并保持敬畏。要人和公众对组织、对公权感恩，这是封建社会皇权下的谢主隆恩意识的延续，已与现代精神相去甚远了！

国家是全体人民之国家，所有国民生而平等，国家保护全体国民的权利和尊严，使每个人享有充分的自由，过上平等、体面、幸福的生活，有认同感、归属感、安全感、自豪感、主人感，并贯彻人生的始终，这为保持国家长治久安之根本，亦是国家公职人员“人民公仆”之最高职责！

看一个社会的幸福指数，主要不是看强势群体的欲望满足了多少，而是看下层民众的所感所受；看一个社会的教育水平，主要不是看精英阶层的学历学位，而是看普罗大众实际读了几年书；看一个社会的文明程度，主要不是看上流社会的温文尔雅，而是看一般人群的言谈举止。一只木桶盛水多少，取决于最短的那块板；一个车队行车的速度，取决于最差的那辆车。如此白话，既适于团队，亦适用国家。对弱者、底层、最普通民众的关心、保护、扶助程度，最显执政者的功力，最彰国家的形象。当以此为基，从体制机制、法律法规层面巩固并不断完善提高之。

公职人最基本当“四有”：(1)良知。明白自己是谁，察知百姓艰辛，持有同情恻隐之心，敬重百姓的小日子。(2)责任。知道自己该干什么，不嫌其小，不计其繁，脚踏实地，点滴为之，躬行岗位之责，无愧民予俸禄。(3)能力。明政策，知实情，会办事，善沟通，有作为。(4)操守。做人重德行，做事有底线。平常心，讲理性，忌过激，不逾矩！

有学者提出，应以理性和温和的态度与周围打交道，是很对的，也十分重要。首先当做好的是政府。政府行使的是公权，更当谨慎和包容，对百姓的质疑和意见应做及时、善意、有效的回应，对其态度和表达方式则不应太挑剔和过分计较，有理也要让人。百姓行使的是私权，对政府质疑和提意见是他们的权利，是社会进步的表现，也是对政府的信赖，但要求其完全理性和温和是不现实的。理性和温和是文明的积淀，是长期修养的结果，有一个发育的过程。政府能做的就是承认现实，带头做起，有一个个鲜明具体的案例在，就会对百姓和社会起到很好的倡导、引领和示范作用。相信政府成熟了，百姓也会跟着成熟起来。

人类几百年来不辍的实践，更有众多智者哲人的启迪推动，使得民主内涵不断丰富，政治文明逐步普及，社会制度日趋健全，各种规则更加严密，人性力量空前弘扬，社会文明由此跨上了大的台阶。这既有我们国家和人民的历史贡献，也为国家和人民前行提供了宝贵的借鉴和支撑。

程序是为了保证方法、手段与目标相统一的制约机制，无程序的合法、正义，就难以保证行动的合法、实体的正义；程序得不到严格遵循和共守，就难以避免随意性和夹私货，人民权利就随时都有被以冠冕堂皇的理由侵犯的可能。重程序是为把这些降到最低，也确实麻烦，费时费力，但现代政府必须习惯并精心为之。

为政不少问题出在傲慢上，很多事谦卑一点，多讲点道理，多尊重一些，按程序来办，不是做不好。可往往偏偏不这样做，甚至做反了，哪有不出问题的，好事也难办好。根子就是脑子里缺这根弦，缺平等观念，缺敬畏意识，认为自己做的事情最重要，别的就该让路。看来需补课的东西真不少！

世上对人诱惑最大的是权力，最难放弃的是权力，最难管住的是权力，对人和社会危害最大的是权力的滥用。千百年来智者思索的最大问题是，如何让权力为公众服务而非带来祸害。把权力关进笼子，是社会进入现代最重要的标志，是政治文明的里程碑。路径只一条，即民主和法治，国家向前迈进，须依赖此项的提升。

保持朴素、低调、平实，是为政者最当重视的问题，亦是最大福分所在，当然得靠自身自省、修炼、敬畏和理智，更得靠制度、机制、法治和监督。良好的愿望、美好的期待不能代替严峻的现实。到现时还没有看到圣人出现，只能按世俗来考量和设计。好的制度会防止好人善人变为坏人恶人，只此一条路。

平等是公平正义的基石，首要的是人格的平等、机会的平等、权利的平等，平等是具体的，需民主来体现，需法治来保障。

公开透明，充分沟通，良性互动，达成共识，是决策公共事项最为重要的。政府需注意的：一是不要抢占制高点，放下身段，平等交流；二是务必把真情和风险如实告知公众；三是不要离开实际追求所谓的高效率、快节奏，好事好好办，按程序办；四是大多数人利益要保护，少数人利益不忽视；五是好事并非都现时办、都得办。

实践千万次地告诉人们，权力的扩张冲动并非取决于个人品行，而是由权力自身本性决定的；权力的滥用是最容易发生且是危害最大的行为；限制、约束、制衡权力使之有益于社会而非相反，是政治文明的核心目标。实现此目标不能只依靠教化和树立典范，不能寄托于为政者本人的道德水准，真正可行的，即是民主与法治。

作家刘震云新作小说《我不是潘金莲》，写了个农村妇女李雪莲为解决芝麻大小的事，到法院和县、市、省政府以至北京告状上访的事，各级官员都不理她，最后这些官员又阴差阳错地被撤了职。作者说，这样的结果是因为“没有倾听”，官员关心的多是自己升官发财的事，没有心思倾听像李雪莲这样小人物的话。刘震云表达的是，不会倾听是社会的毛病，本来一桩芝麻大的事，因大家都不倾听，结果芝麻变成了西瓜，一切都无法收拾。作家的思想深刻揭示着现实，都不倾听，各类通道必然会被淤积梗死，发生问题就难以避免。谦卑耐心地倾听，尤其是为政者的基本素质，是化解社会问题的前提。否则，吃亏的是社会每个人。

古人做官特别讲究“五德”：一是不贪不贿；二是爱民如子；三是法严法慎；四是克己奉公；五是政绩昭然。这些可为为政者借鉴。

欲望既是常态、生活、动力，也是负担和压力。人最难控制的是欲望，人最大的智慧在于对欲望的控制度，欲望的无度膨胀会将人引入毁灭。为政者最难控制和舍弃的是权欲，千百年来尤现代以来，社会的最大努力和成果是对权力的控制，使之在笼子里可控和行使，造福公众而非相反。减低欲望会使幸福指数倍增。

当政务公开成为像每天开公共汽车一样的社会治理模式，像每天讲究卫生一样的个人生活模式，这个社会和公众就是真正成熟和正常了。必须承认我们缺乏这样的传统、文化、氛围，与发达国家不论理念和制度都有不小的距离，一些弊端存在和发酵的重要原因在此。

以平等意识、公民意识、法治意识、契约意识润泽人心，促进族群和解、党派和解、社会和解，涵养公众共同的价值观，寻求宪法下的最大公约数，完善社会治理结构等，都是建设法治国家的奠基工程。尽管要走艰难的路，但必须一点点地做起，积小成以求大成，任何大而化之的东西都于事无补。

各地会议传出的新风，相关联的是会引导社会树立简单、简约、节俭之风，对政府和官员的行为起到有效的约束和规范作用，这对于一个不富裕且社会差别很大、正处于社会转型的发展中国家，具有特殊的意义，全社会都应为之鼓与呼。

习总书记提出，把权力关进制度的笼子；李总理提出，政府职能转变考量标尺。前者事关政治的现代化，后者事关政府的现代化，都是国家发展中的要害问题，循此前行当会有良好的开局，步入新的天地。目前最需的是将其具体化，一项一项地推进和实施，让公众从企盼到参与，有实际感受，以提升全社会的信心。

人天性中即有恶，抑恶戒恶当然要靠教化、靠修行，但进入了社会就要靠法治、靠制度，使之被动地、不得已地成为好人，成为廉吏，久而久之就成为习惯，沉淀积累下来就成为文化，成为价值观。没有法治和制度，恶的一面就不可避免地滋长发散，为害自身和社会。不论说什么、怎样说，法治和制度都是不可逾越和代替的。

说一千道一万，如何将权力关进笼子里，如何保证权利不受侵犯，如何把公平正义化为每个人的切身感受，如何使腐败不再蔓延，如何让孩子安全健康成长，才是最重要、最现实、人们最关心的问题。

把权力关进笼子是为了管住公权，把权利放出笼子是为了保障人权，这是现代文明的核心。无论关进还是放出，都需严格完善的法治来保证，需现代政治文明来守护。

法治的前提是人人平等，不承认超越法律的任何特权；核心是将公权关在笼子里让其服务公众，保障公民权利享有充分自由；规则是法律为全民最大的公约数，首先是为治官而非治民；走向是法治成为一种文化、一种习惯、一种生活方式。

人格无高低，职业无贵贱。从政为官只是个人职业的一种选择，人生价值的一种实现途径，是一种生活方式，并不意味着就占据了良知和道德的高地。因是要为国家和公众负责服务，国家和公众当以法律制度等授予其一定的权力，赋予一定的尊严，同时对其行为进行规范、制衡和监督。

让每个人都有出彩、发展和上升的机会，是最重要的社会公平，也是美好的理想。实际中城乡之间、不同家庭之间、不同人之间有着很大的差别，关键在每个人都知道价值所在，都看到希望，都找到方位。政府的责任在于设计、建立和完善制度，创造和提供优良环境，使每个人能平等竞争，得到机会，实现价值。

精神信仰与政治信念应是两个不同的东西。精神信仰解决的是人的精神世界问题，即把灵魂放在何处的问题；政治信念解决的是社会取向问题，是实际做什么、怎么做的问题。两者不能说没有联系，但似又是可以分开的，如说两者高度一致不能分开，许多人生问题、社会现象就很难解释了。

共同守法、依法办事，官民必须在这方面达成共识，社会形成氛围。官必须带头守法亦要求民众守法，民需知守法是对自己权利最大的维护，谁都不应找借口超越法律红线。

法治是国家和社会治理的根本取向，应是所有组织和社会成员的最大公约数，任何理念、意志要取得社会的认可，都应通过法治来体现和实施，任何行动、举措都要通过法治来规范和导引。只有在全社会确立法治至高无上的权威，达成接受和遵守公约数的共识，才会有一个有序安定的环境，每个人才是安全的。

传统文化的影响、现有体系的保障、社会竞争的加剧、对未来生活的预期，决定了相当长时期内，公务员仍会是最热门的职业，最优秀的人才进入公务员队伍仍是不可阻挡，当年那种公务员下海潮不会出现了。如随着市场经济体系的完善和社会环境的优化，新就业的优秀人员更多地选择到企业，就是社会的幸事了。

人们对世事国事的关注点越来越多，关注度越来越高，表达和参与的意识越来越强，世界、国家任何一点发生的敏感问题，都会在极短时间覆盖大地，从高知到平民、从都市到乡野，几乎会在同一时间谈论同一话题，即是同一层次的人所持看法也往往大相径庭，任何说辞和解读都难以在人的头脑中立时定格而获认同。社会开放、资讯发达的情势是如今公权运作面临的最大挑战和考验。

急需着力的，一是施政理念、思维方式、工作方法、运作程序等应实施深刻转变，最大限度地凝聚共识，最大限度地公开透明，最大限度地接受监督，把公权一切行为建立在合法、合理、合情的基点之上，让公众的知情权、表达权、参与权得到真正的体现。二是善于运用和应对媒体网络，及时透明畅通地发布信息，这比以往任何时候都重要。不只是为争取话语权，为了先声夺人，更重要的是为赢得信任和支持，对任何信息的任何隐瞒或藏着掖着都可能造成难以挽回的被动。以现代方式与媒体网络打交道，用人们愿意接受的方式和语言为文说话，应成为为政者的基本功。三是完善社会治理管控机制。对社会问题的处理尽量运用法治思维，防止动辄动用行政手段；尽可能发挥民间组织的作用，防止把压力都引向官方；尽可能采取柔性方法，防止发生不应有的对立。过去习惯的内外有别、内紧外松、敌意推定等思维和方法，很多与现代意识、人文精神、时代特点已不相符，应予摒弃了！

减少和消除网络上的谣言，前提是政务、社情必须最大限度地公开，必须最及时地发布信息，发布的信息必须是真实准确的，必须经得起公众的质疑，这涉及一系列的环节，对公权公媒是个严峻的考验。

社会正常的差距是激发动力、保持活力的必要条件。但如差距过大，特别是因公共政策、公共资源、公共服务的缺失导致差距过大，就会加剧社会不公。

浙江一个县用 20 亿元建了一个“天下第一县衙”，留给人们的除了感叹就是惊叹。这么多钱用于发展和民生，可办多少急事、大事、好事，建些大楼且不论资金成本，光是一年的维护费用就是个惊人的数字，唯有公权不受制约才有如此奇观。看来不把看管钱袋子的权力交给人民，以法治的笼子治之，他法都难以治本。

在现代社会，只要不违公德和法律，奢华是可以存在的，但唯有公权不可奢华。公权的任何费用都来自纳税人、来自社会，动用理当慎之又慎，有严格的程序和规定，受到严格的监督，确保每笔钱都用之有道有效。

任何社会都会有人走极端，现代文明社会当是越来越理智，走极端的人越来越少。但在社会转型的特殊时期，可能会有个多发的阶段。这种极端除了反映在人的思维、精神上，可能会影响到社会生活的诸多方面。精心关注、细心照料这个阶段，把极端降至最低，让社会平稳前行，是公权对公众、对历史极重要的责任。

成立国家安全委员会，当是推进国家治理体系治理能力现代化的重大举措，也是对分散于各方面职能的整合，使国家安全问题的决策更规范、更系统、更科学、更透明、更法治化，以有效应对国内外更加复杂的情态。同时，让这一重大而神秘的问题浮出水面，进入公众的视野，也有利于让公众参与，接受公众的监督。

废止劳教制度、调整生育政策引发国内外的热评。历史自有其轨迹，且不论对过去如何评价，这两件事都会在历史上留下浓重的一笔，标志着一个时期的结束，一个时期的开启，其影响已超出这两件事本身，说是人权意识、人本思想、人文精神、人格尊严的回归和弘扬并不过分。国家和社会的进步由此更能深刻感受。

对成熟的社会发育，有很多的认识需矫正，有很多的事情要去做。很长时间，我们认为政府可以包办一切、代替一切，管了做了许多不该管不该做的事，效果多是适得其反。国家治理走向现代化，就应为成熟的社会发育创造优良的环境和条件，下放权力、公民意识、社会组织、基层自治、舆论监督等都是基础工程。

以国家公权对官员吸烟、禁烟作出严厉规定，世界少见，全国聚焦，其意义当比清朝禁鸦片还要大，真可让公众喜大普奔了。过去我们没有完成对世界控烟的承诺，应当愧疚，此举是一个有力而善意的回应，可以赢回脸面了。这不只是会对政风转变、公共卫生起到积极促进作用，也会标志着社会文明上到一个新的层次。

对国家禁烟、控烟规定的实施持乐观态度。社会大环境看好，政纪政风的整肃奠定了基础；公共卫生意识、健康理念的提升造就了良好氛围；经济发展使财政对烟草行业的依赖度大幅降低；公众的支持和监督力度空前加大，只要一以贯之，定会大见成效，在文明史上描上浓笔。只是烟草行业的改革和调整势在必行了。

抽烟尽管有害健康，但只要不影响他人和社会，还是属私人的事情。但在现实中抽烟及由此衍生的问题已成为一大陋习和社会公害，国家以严格规定控烟禁烟实为高明之举。从此抽烟不再是荣耀的事，敬烟不再是礼貌的事，摆烟不再是合规的事，送烟不再是正当的事，这对健康、对社风、对文明都是值得称道的大好事。

解决经济、环境等方面的问题都与全局相连，甚至与世界大势相关，十分复杂，不可预测的因素太多，不可能如攻山头一冲而上，像外科手术手到病除，狠话、誓言至多算是表个姿态决心，实际做还是得老老实实、扎扎实实地按经济规律、市场规律、科学态度办事。

北宋文学家李舫做宰相做得好，不仅太宗皇帝满意，同僚评价也很高，且著述颇丰，活到高龄，据说是因终生奉行人生“五字诀”：“淡”，非常淡漠，从不刻意追求什么官职；"和"凡事不去多计较，以局外人的心态看事，自然就多了包容宽厚；"拙"，内心明白，但外表含混守拙，非常低调，不参与同僚间是非之争；"专"，每天忙完朝政后，专注于一天中最愉快的那件事，慢慢剔除杂念，让心态平静下来；"护"，十分注意自身各个器官的养护，持之以恒。这些对如今的为政之人是否也有些启发作用呢？

习总书记在北大拜访汤一介教授，强调文史哲的地位和作用，当是传达了一个强烈的信号，即是文化的自信，以传统优秀文化为重建国人的信仰和价值观奠基。这是一个富有胆识、富有远见的举动，把这与他不久前在曲阜讲话、会见台湾星云大师联系起来解读，可以理解得更广、更深一些。愿此润泽着转型中的国家和社会。

现代政府如是观

1. 现代政府应是按民主制度运作权力的政府

任何高明和负责任的政府都难免做错事，需要的是政府要有健全灵敏的纠错机制，靠自身机能辨识纠错于初发；主动接受监督，直面公众质疑，与社会良性互动，将错误影响压至最低；主动反思，总结教训，完善决策和执行机制，最大限度地减少错误的发生。不愿认错、将错就错、一错到底，政府的公信力就会输光。

在民主制度下，公众会容忍政府犯错，会给政府纠错的机会。但不会容忍政府对错误的掩饰遮盖，不会容忍说谎推诿，更不会容忍一错再错、一错到底，从而防止最坏局面的出现。这大概就是民主制度最重要的意义。受托于公众为公众服务负责的现代政府，第一位的就是按照民主制度的要求运作，接受它的审视和考量。

2. 现代政府应是尊重民意、与民众坦诚沟通的政府

任何一个威望高、施政能力强的政府，都有好的决策不被认同难以施行的时候，这并非公众不通情理，政府也无需抱怨。政府与公众实际上有一种利益博弈关系，其间各种因素都在起作用，政府有良好的愿望和设计并非就都能变为决策，有了好的决策并非就都能变为公众的共识，变为公众公识并非就都能保证决策贯彻到底。

按照民主制度的要求，政府的决策要与公众坦诚沟通，对公众的意愿和意志力作出评估，对决策施行中的各类要素和利弊得失进行权衡。这样决策形成和执行的效率也许不会很高，但可争取到最好的结果。即使如此，有些好的决策难以成为共识和顺利实施也是可能的，有时缓议缓行以至放弃也不失为理性理智的选择。

3.现代政府应是守正持中、崇尚公平公正的政府

任何法治、公平的政府，都难以完全做到公允不偏。如涉及城乡之间、强群与弱势之间、官方与公众之间的利益关系，政府的决策和取向往往会惯性地偏向前者，不与民争利、让利于民等表白就透视出利益的博弈。其他方面也不少见。这实际上不怪谁，乃话语权差异和权力势利性使然，只是现代政府应直面它的存在。

随着民主制度的健全和完善，公众的平等表达、社会的到位监督、媒体的有效发声，会及时将相关信息反馈到政府的决策和施政过程，形成有效制约，从而矫正着政府行为的走向。再有为政者的自觉，实行良性互动，就有可能把政府的偏差压到最低，实现最佳的社会平衡。显然要达到此水准尚需付出艰难的努力。

4.现代政府应是恪守法治、廉洁奉公的政府

任何严律、廉洁的政府都难以杜绝腐败问题的发生。这是因每个人的心底都存有恶念，而权力又是对人具有最大诱惑力的东西，二者的相遇结合就有可能把人之恶念激发起来，权力就有可能被异化。千百年来人们从道德教化、峻法严刑、权力制衡等方面进行了许多探索，就是为了消解人之恶念与权力异化带来的腐败。

真正破解这一难题的是民主制度。它要求政府的行

为必须公开透明，以阳光阻遏人恶念的膨胀蔓延；注重分权和制衡，使任何一种力量都不至于形成垄断；强调社会和媒体的全面监督，堵住最坏情形发生的通道。即把权力关进笼子里，一切纳入法治的轨道。这是人类最大的文明成果，我们虽已上路，但离目标还很远。

5. 现代政府应是勇于担当、尽职尽责的政府

任何敢于担当、勇于作为的政府都只能做好任期内的事。过去讲"铁打的江山流水的官"，现在是无限的社会有限的政府。一届政府五年，需做的事当然很多，但只能按任期来谋划。任期内的事好好做，需下届做的该打的基础打好，该提出的建议提出，对公众对社会有个交代，尽到了责任，经得起历史的评价，就很好了。

让一个任期、责任都有限的政府理性地处理好近期与长远、现实与根本、官方与民间的关系，坚守功成不必在我，不图虚名，不求形象，扎扎实实做好当下的事，规划安排好未来的事，确实很难。需要的是为政者的胸襟、品格和定力，需要公众的理解、社会的氛围和上级的支持，更需民主法治来规范、制衡和矫正。

6. 现代政府应是自觉接受监督、严格约束自身的政府

任何奉公、高尚的政府都会有私利，这虽与腐败不是一回事，又似与政府的宗旨相悖，但确是客观存在。这除了与主政者及其团队的理念和追求有关，更与政府自身的形象、取向相连。在与社会、公众的博弈中获取多大的权重，政府的利益争取多大为好，政府做的事情何时做、做多大，并非都是从公众的利益来考量的。

政府的行为、目标不能不考虑公务员的意愿和实际利益，不能不与其任期、选票和历史评判挂钩，这些多会与公

众的利益重合，有些则会矛盾甚至冲突。在民主制度下，由于制衡、监督的到位，有可能把政府利益压到最小，将公众利益争取到最大。维护自身的利益，时刻看管好政府，是公众和社会第一位的责任所在！

7.现代政府应是视保障公众权利为最要的政府

任何温和、善政的政府都有冷峻、强制和惩罚。一方面这是政府职能的题中之意，不可或缺，只是因社会情态变化而在不同时期有不同程度的展示。政府如对危害公共安全、损及公共利益、影响公共秩序的行为漠视，就失去存在的理由了；另一方面这也是权力冲动、征服和统治的本性使然，往往很容易就会表露出来。

权力一越界就可能滥用，就会侵犯权利。民主制度对政府这方面的行为作了最严格的规定，强调法治的至上性，强调把保障公众权利放在第一位，强调对权力的制衡和监督，充分释放权力的柔和和温暖。在政府行为与公众承受力之间则有个灰色地带供权力与权利博弈，调整着相互关系，以最大限度地逼近社会公正。

反腐败的根本在于法治和制度

历史和事实千万次证明,廉洁的政府、廉洁的官员不是靠上级和学者作报告教育开导出来的,不是靠学习和觉悟自然而来的。在上苍和法律面前人人平等,在权力和利益面前人人相似,没有高悬头顶的法律和正义之剑,没有无孔不入的各类监督,没有社会力量的制约制衡,任何人也难保清白之身不陷泥潭而成为圣人。

对腐败现象,对公权滥用,对不良风气,不论公职人员、知识分子还是普通民众,都有一种激愤和冲动,提出了不少对策,体现了对国家和社会的关切,对未来的期盼,政府理应作出积极的回应。但当明确的是,所有的措施和行动都应纳入民主与法治的轨道,纳入制度和规范之下。

中国古代的反腐,基点是家天下,维护的是皇权统治,方式是无所不用其极,结果是只能镇住一时而管不了长远。主因是天下只属皇帝一家,人人都不会对其真正负责,多是光顾图私利而不管天下兴衰。这些现在已不管用了,唯有现代理念、法治、制度,唯有现代文化、思维和实践,才有可能从根本上解决问题。

历史上最易肆意横行的是权力,对人诱惑力最大亦最难放弃的是权力。绝对权力导致绝对腐败，制衡权力就会遏制腐败。管住管好权力，使之在笼子里运行，造福人民而非相反，是人类迄今为止最大的政治智慧，是现代文明的最大成果。由此前行，改进体制，完善机制，践行法治，是国家的希望和光明所在。

深化改革正当其时

改革以来，对现代政治文明认知的高点当是在 20 世纪 80 年代，邓小平“党和国家领导制度的改革”的讲话是里程碑，万里在全国软科学座谈会上讲话中提出“政治问题也是可以讨论的”是重要标志，当时都给人以振聋发聩、耳目一新之感。不得不承认，多年来这方面没有多大进步，有些方面是退步了。

建立完善的市场经济体系，建设现代政府，还有艰难的路要走。最重要的当是要真正按市场经济的通行规则办事，政府要勇于剥夺和放弃自身的一些权力，要把应有的权力关在笼子里。这个过程可能有很多不适应，甚至很痛苦，但过了这一关就会是另一番天地。

几乎每个人对前景都有一种不确定性，焦虑、浮躁似是处处伴随，这是最大的社会问题。其中的原因当从制度上去找，解决问题亦当从制度上入手。唯有好的制度才能给人以稳定感和好的预期，人们的注意力老在期盼领导人一代比一代清明和有为，不能说是成熟的社会。

市场经济是对政府的最大考验，适应市场经济发展是政府改革的目标，政府改革不到位，市场对资源配置的决定性作用就不可能实现。现有的政府职能配置、决策模式、工作程序、服务方式不是按市场经济需求设计和确立的，应该管的没有管好，不该管的还在伸手。政府改革是一场深刻的革命，还有艰难的路要走。

在改革这点上社会有共识，现在关键的是改什么，向何处改，改到什么程度，用什么来保障改！泛泛而谈已不足支撑，急需的是动起来、做起来，有时间表和路线图，让公众看到前景和希望，同舟共济向前。改革当然有风险，但不改革的风险更大，寄厚望的是领导者的历史责任感和勇于担当的胸怀！

党的十八届三中全会决定确定的改革事项，大多需经法定或行政程序，变为法律或行政法规实施，这期间有一个距离和空间，同时新老制度、机制、政策之间有一个过渡和衔接的问题，这既是个技术活，也是政治智慧、行政水平的展现。如何把改革一开始就纳入法制化、规范化、科学化的轨道，良性起步，是各级需面对的大问题。

改革启动后，老的制度、机制、政策的遗留问题如何妥善处理，新的制度、机制、政策如何配套到位，都需做精心的预测分析和周密的设计操作，以掌握主动，减少震动，平稳运行。高层定有完整的方案和要求，但中层基层普遍准备不足，公众接受和承受还需时间和空间。

2014 年 1 月 2 日《人民日报》的这篇文章，深刻具体分析了改革的利好和利空，应引起各级主政者的高度重视。改革不经过阵痛，没有脱胎换骨、浴火重生的洗礼，很难实现预想的目标。一味唱好，单靠激情，急功近利，可能会一时造势见效，但确无助于弊端的革除和新制的确立。目前许多人还缺乏冷静的分析和充分的思想准备。

国家深改组正式露面登台，如此架构是对三中全会决定最有力的注释，给了国人信心，并向世界传递了准确的声音。它至少说明：改革已到了操作层面，是要真干了；经改开道带动，政改被提到应有的位置上；工作责任得到分解和落实；地方须照此模式推进。如此为之，市场化、法治化、民主化变为现实当不会远了！

经济学家周其仁先生说，改革要和正在成为主流人口的期望值相匹配。更年轻的人群已经成为社会的主流，他们对体制、政策以及自己所处环境的评价，有不同于上一代人的参照系，也有他们对理想社会更高的预期。一个国家有希望，一定是一代比一代对自己社会的期望值更高。

深化改革说到底，是为当代和下一代创建更优越的制度、更安全的环境、更美好的生活，改什么，怎么改，向哪里改，首先要充分考虑到作为社会主流的年轻人的诉求、取向、期望，考虑到这些会随着社会进步有什么变化，取得他们的理解、支持和参与。

青年公务员重在走好职场路

青年公务员对自己的岗位看得很重，那里寄托着他们对社会对自身的理想和追求。他们最关注的一是公平，即机会公平、环境公平，大家按同一规则，在一个起跑线、一种机遇、一样环境下竞争、发展。二是有为，即有施展才能发挥作用的平台和空间，能干事，干成事，有成就感、荣誉感。如何使他们把理想、目标与现实统一起来，把社会价值与个人价值统一起来，是个大问题。三是成长，即工作和实绩能得到肯定，能力上有提升，事业上有进步，生活上有幸福。主要是为青年公务员创造平等交流、相互学习的宽松氛围，提供施展才能的平台和机遇，充分尊重信任他们，关心其思想和生活。高素质青年公务员的成长进步会带来更多的希望。

现在的青年公务员与 20 年前有很大的不同，不仅知识层次高许多，而且视野开阔，富有独立思考精神，在一个职位上工作，既为谋生，也为一种追求、一份价值。当然要教育和严格要求他们，同时要充分理解和尊重他们；当然要交任务、压担子，更应考虑所为是否得到他们的认同。获得他们的信任、支持才能赢得未来。

(1)就青年公务员自身而言，最为重要的是把自身的价值、目标与社会的价值、目标统一起来，有为社会为公众勇于担当、勇于负责的意识。且不论取人俸禄、为人尽力，就论展现个人潜能和风采，很少比公务员岗位更有全面性和挑战性了。世上不顺意事处处有，人间不平事从没断，不能以此为由降低追求，放弃责任。

（2）有种选择是不能回避，即不能拒绝或不情愿做具体、琐碎且需反复做的工作，“天下大事必作于细”此时可用于自勉；有种选择是不能逃离，面对艰难和挑战只能直面以对，咬牙过关，“不经风浪难以长成”此时可用于自励。

（3）青年公务员当然要有独立思考精神，要展现自己的个性，要率真率直。但进了哪家门，吃了哪家饭，就要遵哪家规，知道自己是谁，是干什么的，管得住嘴巴，坐得住身子，迈得开双腿，耐得住寂寞，吃得了苦，受得了委屈，经得起批评。

（4）世间哪碗饭都不好吃，吃好哪碗饭都得付辛劳。走了公务员这条路，就得练就看家吃饭、成事立业的本事。一般的职位应具备多种能力，大致就是语言文字表达能力，通晓相关政策法规的能力，具体业务的办事能力，沟通协调能力，与人合作共事能力。这需从点滴学习、自悟、积累。

（5）按国人传统论，做公务员即是做官，做官是很荣耀的事。但在现代民主社会，公务员是公众聘任供养的守夜人、服务员，只有本分做事的职责，没有盛气凌人的资格，做得好属应当，做不好是失职，出问题要追责。因而永远要知自己从哪里来，应当做什么，低调、谦卑、敬业。

（6）公务员的优点缺点、强项弱项都会被一再放大，岗位工作当然要做好，良好的教养、修养、形象更要注重，既是自身应必备，也要为公众起到示范、引领的作用。要随时接受社会挑剔、审视的目光，使接受公众监督成为一种习惯，讲真话实话成为一种自觉，与公众的良性互动成为一种常态。

(7)公务员是个辛苦活、荣光活，也是个风险活。尤在官本位意识浓郁的社会，你不去找风险，风险可能会找上门。当时刻谨记的是，走错一步路，会影响小半生；走歪一步路，会影响大半生；如违了法度，则毁了前程。

育人浅论

“不能让孩子输在起跑线上”。这句貌似正确的话，不知误导了多少人，包括家长、教师和学生，现应好好思考反省，使教育回归本质本性，真正做到以人为本，把人教育成人，成为有修养、高素质的人。但这前提是，政府应当提供公平的教育资源，让公民平等地接受教育，教育的公平是最大的公平！前是理念问题，后是制度问题。

教养修养、温文尔雅、大家风范，绝非金钱权力可堆积起来，并非装腔作势可装扮起来，也非十天八日可学练起来，而是家风传承、教育浸润、人性弘扬、理性累积、文明教化、自省自悟的结晶。每个人人格平等，尊严同贵，当自重自强，无须过于自责自贬。但当知要向此目标努力，自我修炼，学做有教养、有修养、品格高尚之人！

人性、人格、人权的平等，促进了教育的平等，导致人的素质的相对平衡发展和性格的完善，社会的缝隙在人之初就逐步抹平。可能这就是教育最重要的功能，也是那些现代国家文明进步和长期稳定最重要的原因。

近悉，德国很早就立法规定，对学前幼儿不得施教，幼儿园只导引玩耍，快乐生活，以养成健康健全心理与人格。入学的教育，大致是“不施暴、少高声、讲卫生、多自立”之类。欧洲国家大体如此。可能没多少人认为他们的教育水平、国民素质比国人低。看国人，真可叹。从胎教始，到抱周岁孩子听外语，到牙牙学语时教背古诗词，入幼儿园后教写字、学文化，条件好点的还要送参加特长班，到上小学时俨然如小大人，心灵早熟，过早承担了许多，真是苦了孩子！冠冕堂皇之理由是，不能让孩子输在起跑线上。教之伤、人之伤、国之伤！眼界、理念、意识之误到底误了几代人、多少人，谁能知晓？国人当醒，政府当为！

小学主要是人性、心灵、善良养成教育，分数实在是不重要，这方面误区多多。这阶段如讲志气多了会使孩子心理负担加重。望子成龙理念已过时，望子成人就很好。快乐成长最为要，一切尽在过程中。

从小学始，教育就开始向功利化、世俗化走近了，教师苦口婆心教的，学生辛辛苦苦学的，不少无用，部分有害，有用的亦为稻粱谋，人文教育缺失，十几年寒窗目标只为改变命运，以至于忘记了为何出发。对大众缺乏同情感，对社会缺乏责任感，对历史缺乏敬畏感，并非个别现象。现需从体制、制度、理念上深入反思。

一定不要把教育问题的责任推给老师。他们大多十分敬业，十分善良，辛辛苦苦，所得无多。教育的今天明天必须依靠他们。需要解决的是体制、制度、理念的问题。且不少问题并非教育本身可解决的。

西方古代哲人苏格拉底对教育有三句名言：(1)“教育不是灌输，而是点燃火焰”；(2)“每个人身上都有太阳，主要是如何让它发光”；(3)“教育是将我们内心勾引出来的工具和方法”。相似的教育思想我国先贤也很丰富。问题是现时的教育理念和实践似乎与此越来越远。是教育出了问题，还是社会发展了就该如此？企盼探究。

误导教育的三句话:(1)“望子成龙。”把接受教育的目标定在天上,期盼读书出人头地,光宗耀祖,此意识受封建传统影响,源远流长,如今已与教育本意相距甚远。教育就是把人教育成人,能成龙者极少。望子成人就很好。(2)“读书改变命运。”读书首要当是培育人文精神,涵养理性理智;次之是为做自己愿做之事,或是把已做之事做得更好。为改变命运而读书,使读书变了味,愈益功利化、世俗化,教育的许多问题由此而生。这有历史和现实原因,有国情和文化元素,恐怕短时难以根本改变,但必须明白这确非现代教育理念,不能以此导引教育,导引家长和学生。(3)“不能让孩子输在起跑线上。”每个孩子在世间都有自己的位置,都是不可代替的,都有自己的人生和发展轨迹,谁能说得清哪是起跑线。而为不输在所谓的起跑线上,多少家长从孩子一小甚至更早就煞费苦心,赋予孩子数不清的责任;多少社会组织、人士以起跑线为题不知做了多少文章,刻薄地说所起的作用负面大大超过正面,辛苦了家长,为难了孩子,误导了心灵,泯灭了天性。学前和小学教育为孩子人性、品格、爱心、善意养成的基础阶段,自然、自由、快乐、健康(身体和心理)最为重要。社会在进步,教育理念须更新和提升。在现代教育理念指导下,教育当是更阳光、更高尚的事业,读书当不再痛苦而是快乐生活一部分,天下父母心当不再可怜而更愉悦!

星云大师有三句名言对教育甚是适用:(1)“你的爱好就是你的方向”;(2)“你的兴趣就是你的资本”;(3)“你的性情就是你的命运”。现在教育上最大的问题恰是忽视了学生的爱好、兴趣、性情，千篇一律，千人一法，学生承担的不必要的东西太多，自由空间太小，因而大多缺少鲜明个性。教育部门、社会、家长都应反思。

我们的教育中人文、人本、道义教育太苍白，千方百计要学生记住的，约三分之一有害，三分之一无用，三分之一为生计。小学至大学只为稻粱名利谋，走得太远而忘了为何来到世间，忘了为何出发。全不怪孩子，他们是纯洁的。教育制度、理念、内容等应该全面深入反思了。

学会肯定和表扬应是做合格教师、家长的基本功，这种肯定和表扬不是敷衍，不是言不由衷，而必须是发自内心的、真诚的，这就须十分用心地去观察和发现孩子的优势、亮点，并用真情的语言与方式来表达，点燃孩子心中之火。每个孩子都是美好的，有问题先从教师家长身上找原因。

教养、礼貌、气质等，当是一靠基因传承，二靠父母教化，三靠环境熏陶，四靠自省自悟。要达到更高水准，更需多种因素作用，更需持久为之，点滴积累养成。可以说有怎样的家庭和父母，初步就决定了后代这些的大部。这些与财富、地位、权力、政治取向甚至知识没有直接的联系。

读书的多少是社会的进步水平和人的综合素质的体现，恐怕得取决于教育水平、信仰程度、书籍质量、生存环境、读书文化等多种因素。靠一个诺贝尔奖来刺激读书，可能只是一个良好的愿望，即使起点作用也是一时。

从古时到现在，老是教育人树立远大志向，追求宏伟目标，且多以大人物、名家为坐标来励志，为此可以不顾一切。实际上完全走偏了，大人物、名家才多少，多少人才可为？绝大多数人还是要本本分分做事谋生，淡泊不为明志，宁静不为致远，只是一种生活方式而已。让绝大多数人追逐少数人，不知让天下吃什么？

讲务实也罢，有用也罢，不要埋怨学生，这是个社会问题，有深刻的、复杂的、多方面的原因。世人皆醉让学生独醒是勉为其难，世人皆餐让学生饿其肌肤是苛刻有加。尤平民子弟，背负多少人期盼，靠父母辛劳，苦读几年，换不来回报，不能自立，何以对父母、对世人。理解他们吧，社会给其更多关爱，他们会更自尊。

许多家长实际上既是孩子的上司，又是孩子的奴仆，是这种最可悲的双重身份。一方面溺爱孩子，把孩子当宠物，甘于为孩子当牛做马；另一方面又对孩子寄予厚望，已经不是望子成龙了，是逼子成龙，逼着孩子上这个班那个班，逼着孩子拿好成绩。

职业教育培养的多为平民子弟，对促进就业、发展、公平，提升国家整体水平极为重要，而职业教育是目前教育体系中最薄弱的环节，尤其薄弱的是中职教育；职业教育中最薄弱的是教师水平和实训条件两方面，需国家和各级给予更多的重视和扶持，需社会各方更多的理解和参与，需造就上职校、学技术光荣的氛围。

早期教育确很重要，关乎儿童心理发育和健康，农村早即有“三岁看苗”一说，即是说人生如何三岁就看到兆头了。发达国家有专业部门司其事，我国幼儿教育是教育部门在管，三岁前教育只能靠父母等亲人。如今当予重视了，一是国家应有部门研究施教，二是培养专业人才从业，三是做父母者要有修养、有知识、有技能以教之。

中外教育的差别主要是教育理念和体制的差别，国人对学生寄予的期望太高，望子成龙和改变命运的意识太强烈，而在方法上主要是个“管”字，以己之思想好恶要求改造学生，家长和教师皆如此，社会助之。学前和小学因管得了，就累；大学管不住了，就混，教育乱象就发生了。真应该好好反思和改变了。

教育从学前和小学起就应把涵养人性、完善人格、启迪人智放在第一位，教人独立思考，自爱自尊，全面发展，成为本意的人。大学更当注重风范、道德的铸就，注重责任心、担当意识的养成。社会和公众需这些人示范、引领。如只教一般知识，培养工匠，则与现代教育本意相去远矣。社会转型时期更当重此。

知识教育、空话说教、凝固形态、僵硬语言、大人心态，使童年的孩子人性、天真、心理、品格的发育进化受到极大抑制，甚至扭曲，后期问题的出现多与此有关。不知者谓之无奈，知者谓之可悲。让人回到本源，让教育回归本意，让每个孩子童年之花永远绽放，应是致力的目标。如是社会和人将会青春与活力常存。

“学前教育小学化”并非个别现象，私立园尤甚，社会和家长多缺正确的认识，甚至为孩子知识增加、会背古诗等而津津乐道，岂不知这都影响了孩子美好心灵、健全人格的发育。人生每段有每段的事，学前主要是玩耍，玩中启智，奠定秉性、人格、智力的基础，知识教育早了、过了，就是揠苗助长。过去也有规定，只是没落实。

教育理念、方法的差别，亦是社会观念、文化的折射。国人意识里本就不愿他人质疑，也不愿质疑他人；宁愿糊涂，也不搞清；即使清楚，也要装糊涂。课堂、会议甚至记者会上，与者并非不会提问，而是知不提比提要好。真要教授主动发问，学生大胆提问，恐怕还得对观念、文化进行反思，并创造宽松良好的氛围。

“六一”即将到来，就孩子教育提几点小建议：(1)不要寄予那么高的期望；(2)不讲大道理；(3)不要让孩子在学前学知识；(4)以95%的耐心放任孩子，时刻想到自己可能是错的；(5)用爱、善、美浸润孩子心灵，远离丑恶；(6)绝不教育孩子仇视他人和动物；(7)不娇不溺，尽可能让其自立；(8)注重良好习惯养成。(9)远离险情。最重要的是既不要望子成龙、望女成凤，也不要望其成狮成虎；成为真正的、大写的人就很好！一起步就健康成长，有健康的心理和体魄比什么都重要！

平等、自尊、自爱、自立、相融、相助的意识是从小一点一滴培养起来的。现代教育、现代学校最大的价值是把人先天的差异降到最低，让人成为真正的人。受封建意识和封建教育的影响，我们的教育这方面尚有很大差距，教育理念、制度、方法的变革任重道远。无教育的平等公平，其他的所谓平等公平都是侈谈。

读书的功利化心态太重，为成功、为出名，从小学到大学，一直抱着远大的理想，背着无限的期望，负重前行，上学、读书本身的快乐感觉很淡了。这与教育本意相去甚远，与人的本意相去甚远。把成功、出名等包袱放下来，社会、家长、学生都会轻松，教育就会前进一大步。这涉及理念、体制的改革，需持久为之。

爱心偏离，溺爱过分，是许多家庭的普遍现象；娇生惯养，磨练全无，点苦不吃，点气不受，又不注重引导和示范，不知孩子将来如何应对人生和生活的挑战。发达国家对孩子的自由教育多被国人误读，他们孩子一小受的磨炼和体验，特别是自立、爱人、避险等教育比我们多很多。夏令营里外国小孩能吃苦就是明证。

德国从小学到高中，共 12 年，学生每学期所读课本，全是向学校借用的。德国中小学学的都是基础知识，多年内容不变，所以课本不用更换。每学期结束两天前，学生要把所有课本书上交学校图书馆，隔一天再领下一学期的课本，在课本的扉页上签上自己的名字和日期，回家将课本套上书套。还书时，课本上有划痕、涂写、书脚翘边，图书馆则不收，须买新的课本归还。这是传统。一般的课本都用四五届学生，课本大都完整如新。他们的解释，一是为了节约国家开支，因是免费教育；二是培养孩子的精细意识和为他人着想的心理。不知对我们有否借鉴作用，如可学就会减少一大笔国家开支。

引导青少年励志，确立人生目标，多举出杰出人物和领袖的例子，用意不能说不好，也不是没有启迪作用，但极易误导。可成杰出人物和领袖的人极少，且他们都有着独特而不可复制的成长、成才、成功条件和环境。绝大多数人是得平凡工作、平常生活，以他们为参照确立人生目标和奋斗方式，就很难避免进入误区。这与传统的上贵下贱、上智下愚意识和陈旧的教育理念、成功标准及人性人文缺失有很大关系。进入现代社会，教育、励志还是要回到地面、回归本意，与人性融合。人各有其位，各有其志，普通人快乐学习、工作、生活就是成才成功，不要搞得那么高不可攀、玄而又玄。

日本所有公立小学的教学楼、体育馆、游泳馆和操场等基础设施都是按照统一标准建造的。电脑、空调、多媒体教学工具等设备也是按照统一进度配备的，从硬件上避免了好坏学校之差。在软件上，对教师任职资格、配备、流动等都有具体严格规定，保证了师资水准的大体均衡。由此确保了各个小学的质量基本一致。这就是日本学校很少有择校现象的根本原因。很少的择校现象多是由家庭的具体情况等发生的，且能得到学校和他人的理解。20年前去考察看到，山口县偏远的小学与东京中心的小学没有什么差别，那时就惊讶得不得了。到今天了，他们做法的借鉴意义突出了。社会公平从教育始，教育公平当从均衡始。

现行的教育确有不少问题，但不能有问题就回归私塾教育，如同不能因今天不如意就回归到昨天。即使所谓“现代私塾”，一则缺乏现代教育理念、手段、方法、氛围，二则国学本身含义并不清晰，极易误导孩子，孩子还是到现代学校接受现代教育为上。对现有教育体制、机制、理念进行改革和再造方为正道。

中东部偏远农村不少学校环境、条件亦很差，不公平一小就落下了。社会公平当从教育始，教育公平当从均衡做，以此最大限度地缩小和抹平人之先天差异。发展到今天，国家当尽更大的力量、更多的责任。每个人的爱心利行亦不可缺，给人予爱，助人之行，播撒善意，社会就会更温暖些，自身的收获也会更多。

“一孩化”无形中加大了孩子的分量，强化了望子成龙、读书改变命运的意识，家庭成本、社会成本超常向孩子教育培养倾斜，使教育的功能扭曲和异化，一些社会问题就自然出现了。这可能是当时人口政策设计者没有想到的，是到了调整和完善的时候了！

尊重生命、公平、诚实、守信等，是各类教育中确实应当正视和着力的问题，接受现代先进理念，摒弃不合时宜的东西，让教育回归本意，让真实回归社会，让人性浸润心灵，让阳光普照人生。

国人对孩子的教育，大多是把孩子作为实现自己理想、价值的平台和载体，有着太多的期待、太高的目标，或把自己主观认定的东西强加给孩子，而非把孩子视为独立的、发展的生命个体。如此，简单化、功利化、世俗化就难避免，教育行为离人的本性、教育本意就远去了。家庭教育的失败多源于此。

润泽心灵，养育心境，启迪心智，发动心力，是教育最重要的功能，是家长、教师和学校最重要的责任。但知识教育、功利影响多将此忽视了，不少孩子的问题以至社会问题都可从此找到原因。养心，教育和社会急迫的问题。

古代父母对孩子有“七不责”，即对众不责（不在广众下责备）、愧悔不责（孩子已惭愧后）、饮食不责（孩子吃饭时）、欢庆不责（孩子特别高兴时）、悲忧不责（孩子哭时）、疾病不责（孩子生病时），当是极有道理，有利呵护心灵，培育自信，健康成长。如今的家庭教育可予借鉴。

教育的核心是浸润心灵，启迪人性，焕发爱心。而仇恨教育是过去多年教育中最大的失误失败，影响至今未完全消除。人性的进步很慢，爱心的养成和巩固需持久努力。

教育的最重要功能在于把人先天的差异或不平等降至最低，因此教育的公平是最大的公平。放任教育的不公平等于有意拉大人之间、族群之间、阶层之间的差异，制造社会的不平等。如此，社会矛盾的出现和演化就会损害所有人的权益。

望子成龙成凤，是家庭教育最大的误区，许多问题由此生。实际现实世界并无龙无凤，可成所谓大才的孩子很少，绝大多数孩子日后都需老老实实做事，过自己的普通生活，让孩子以并不存在的东西做目标、来励志，最后得到的多是失望和无奈。正途就是望子成人，让孩子健康成长、自由发展，成功就在其中。

智者臧根林对想把孩子在中学阶段送到国外读书的朋友问了三个问题：一是你自己退休后是不是希望到外国生活；二是愿不愿接受与独生子女远隔重洋几年见不了一次面的局面；三是孩子从小接受了西方教育后再回国工作和生活能不能适应、会不会开心。答案不言而喻。这三个问题很实在，可供有此想法的家长参考。

近期几个大学发生的投毒、伤害等恶性案件，引发人们对大学生心理健康问题的关注，对教育理念、制度、内容和方法的思考。学生、学校的问题是社会问题的折射，大学生的心理健康问题，当然与教育特别是中小学教育直接相关，但更深层次的原因，还应从家庭结构、社会环境、生活氛围、道德取向等方面去分析寻找。无论怎样看，如何让学生在学到知识、技能的同时，具备健全健康的心理素质，有良好的人文修养，都是教育和社会必须面对、与国家发展进步密切攸关的重大问题。同时，近年来，白领阶层、公职人员及普通民众，心理健康问题都呈多发上升趋势，是社会转型问题的一种反应，国家和社会当统筹应对之。

现在社会和学校教育确存在令人不满意的地方，每个父母都希望孩子有出息，在此情况下，家庭教育就成了关键。中学阶段送孩子出国读书，面对的问题很多也很复杂，利弊真得好好权衡，可能把功夫下在家庭教育上会更好一些。出国读书成功的事例有，但不成功、不如意的也不少，需根据每个家庭实际慎重决定。

一些人对现在大学体制、理念、教学和风气的说辞和责难，可能有一些偏颇和苛刻，但不得不承认却在一定程度上揭示了大学的弊端和软肋。大学是社会知识、道德、人文的制高点，当为社会与人指方向、做示范、引潮流，国家和社会真当高度重视，改革图新，兴利去弊，使其不负使命，成为最大的正能量释放器。

卢梭所说的最重要的教育原则是不要爱惜时间，其实质含义即是，教育是自由的教育，是顺其自然的教育，教育提供的是环境和条件，而非代替人的自省自悟和长成。完全用时间公式去规矩地教育，可以教好的是知识，但教不出优秀、卓越的人才。这对如今的教育仍有重要的启迪作用。

教育的目的应是让一代代新人引领现实，超越现实，面向未来。不如此，人性和社会怎能进步呢？如果以适应现实为目的，那就失去了教育的意义。由此看，教育的目的是“让学生摆脱现实奴役”的说法，是一个相当深刻的思想。以被动适应现实为目标去塑造学生，正是现时教育最大的问题所在。

教育是对人润心、修性、启智、明理、增知、提能的善行，使人成为真正意义上的人，唤醒、诱导、启迪、激发是主要手段和方法，孩子富有爱心善意、身心健康、独立思考、自由畅想、充满活力，教育的目标就达到了。望子和教人成龙式的教育，是把人当作机器和工具来培养，最后步入误区就不足为怪了。

对孩子的教育，大多上学后管得严，幼时则放任太多。实际上，孩子的好习惯落地后就应注重养成，宠得大了，放任多了，以后矫正都难。树大自然直有对的一面，但却不尽然。欧美国家崇尚自由教育，但对孩子好习惯的养成比我们厉害得多，孩子有过失，一定让其知道错在哪儿，并有惩戒。好多东西待入学后再改就晚了。

玩是人正常生活的一部分，我们往往只教育学生和员工学习、工作是第一位的，而把玩的意义忽视了。理直气壮让大家努力玩，实际上是让学习、工作之外的精力有一个正常、健康的发散通道，健身健心。玩得好了，有助于更好地学习和工作。当然，对玩也有一个符合科学和生理的引导问题，给玩创造好的环境。

说教育保证经济的后天，看起来是对教育认识深远，从经济角度讲，也可能是这样，但实质并非尽然。立于社会发展大势，教育并非经济的附庸，而是人性、人心、行为，为的是拯救人、发展人、成就人,促动经济是自然为之。单纯围绕经济讲教育、发展教育,就把教育功利化、世俗化了,教育路子越走越窄,很大的原因就在此。

一流的大学需有一流的小学中学作基础,开放的心态需有开放的教育做前提,开放的教育需有开放的社会做支撑。现时大学的许多问题,小学中学时就种下了,深层原因在社会,只不过大学时期显露比较集中突出引发关注罢了。整个教育体制机制不改革,理念不更新,办一流大学恐怕还得停留在设想上。

社会发展到今天,除极少数确有特殊情况的地区外,全国农村中小学硬件建设大体上达到一个水准是应该做到的,教师的任职资格和待遇相对均衡也大体具备条件了,主要不是钱的问题,关键是各级是否痛下决心。建那么多的机关办公楼,招收那么多公务员,行政开支一再增加,其前提应该是先把学校打理好。

政府机关办公条件差一点无大碍(实际现在哪一个机关的办公条件也不比国外差),学校不行,直接影响的是孩子、家庭的前途和命运,影响的是国家、民族的长远和根本。讲了多年的"教育兴国"和"再穷不能穷教育""再苦不能苦孩子",真到了落实到每个孩子头上的时候了。想到此事并呐喊,算是教师节没白过吧!

发达国家的早期教育各有所长,但共同的一点是不教知识,有些国家还立法禁止,主要是学习快乐,浸润人格,启迪潜能，重在养成。我们多与此相反，“学前教育小学化”几乎是普遍现象，社会和家长不以为忧，反以为傲，素质的差距一小就拉开了。人的改变当从教育的改变开始，教育的改变当从理念的改变开始！

一些地方尝试取消学校的行政级别，初衷显然是好的，也有些效果。但必须看到，教育的问题主要不在于此，人们诟病的主要也非什么级别等。不对教育理念做根本性更新，不对教育体制进行根本性改革，不真正按教育规律办学，取消行政级别的意义就显示不出来。

教育问题是社会问题的反映，家长问题是社会问题的折射，社会的急功近利，助推着教育的急功近利，教育的急功近利导致家长希望孩子按自选模式一夜成才。社会和教育少点折腾，家长就会少点折腾；社会和教育多点平静，家长就会多点平静。三分教，七分等。所谓“等”，即是自由，自由教育方是育人之本！

教育最重要的功能当使人知人生的本意、自身价值所在，快乐生活最重要。大树和小草乃社会自然分工和个人选择而已，有高低之别而无贵贱之分。多年的所谓“远大理想”、“宏伟目标”教育误导的成分很多，给人带来的并非是幸福，不少人步入歧路，对社会的负面作用更是显而易见。人生和教育还是回归本意好。

实际上对孩子心理健康教育最重要的：一是给个好基点，即爱的教育，启迪爱心，激发善意，爱人爱己；二是造个好环境，家庭、社会环境的熏陶影响十分重要；三是调个好习惯，好习惯影响的是一生；四是养个好兴趣，对生活学习的好奇和感兴趣会使人生路充满快乐；五是练个好心态，率性不由性，自信而自控。

人性善的一面需一点点启迪、浸润、培育、引导，且进步很慢；而恶的一面会自我发酵、扩散、传染，且抑制难度很大。千百年来人们一直在为此苦苦探索、努力。一再讲人要有信仰、有敬畏、懂感恩、知大小，实质就是要不断洗礼精神，抑恶扬善。精神得不到洗礼，一有条件和机会，人恶的一面就展示出来了。要从教育上找原因啊！

让孩子的思维活起来，个性鲜明起来，很重要的是不要用既定的框子去框孩子，不要用固定的东西去固化孩子思维，不要老在对与错上转圈圈，而是鼓励孩子去质疑、去想象、去争辩、去探究，这不仅是培养创新人才的需要，而且还是造就具有自主意识和思想的国民之大计。当然前提是社会和学校要有良好宽松的环境和条件。

家庭教育中，在关键问题上对孩子的适度约束和惩罚不可缺少，特别对养成好的习惯和培育基本良知，如不说谎等，是很必要、很有效的。过去的“棍棒出孝子说”不是一点道理没有。现在许多家庭对孩子的教育，一则缺正确、科学的理念和方法，二则失之于宽于松，过度娇惯，致使人性中恶的一面在放任中滋长放大。

从小养成好的生活习惯、学习习惯可得益一生，父母的熏陶、示范是前提和基本，包括必要的约束和惩罚；环境的影响、老师的教育十分重要；自然自由、循循善诱、点滴积累是正确途径。过分的娇惯、细节的忽视、瑕疵的放纵都可能造成难以矫正的缺陷。好的习惯可助健全心理、健康体魄的发育和成就。

国家决定中等职教免费范围扩大到所有农村学生和城市部分学生，这对职业教育的发展真是个福音。职业教育关乎社会底层民众境遇的改变、教育的改革、就业的扩大、实体经济的发展、社会分工的优化，相比义务教育和高等教育，国家理应给予更多的重视，全社会都当关注和支持。

女教师过多的确是中学以下教育的一个突出问题，多数学校在70%甚至90%以上。带来的问题：一是学校不少工作特别是累事苦差事不好安排；二是教学上的局限性增加了，对男孩的管理和教育不少环节难接茬；三是幼儿和小学中的男孩至少七八年在母亲和女教师的呵护下，阳刚之气大多不足。如何解决呢？

教育的本意并非即是传授知识、教化思想，而是浸润心灵、叩呼良知、启迪爱心、激励精神、焕发潜能，使人成为真正的人，带动社会的进步，传授知识、教化思想只是实现目标的方法和桥梁。遗憾的是本末倒置久矣，僵化的教育理念、狭隘的成才意识、功利化的社会氛围，使教育离其本意愈来愈远矣。

将国内的儿童、成人与发达国家同样的人放在一起比较，感到最大的差异在自信度上。原以为是由于财富、知识多寡所致，研究的结果表明幼儿时的教育培养是最重要的。人从一小起，人格、权利、能力就得到尊重，潜力得以释放、展示，自信就养成并刻在骨子里了，会影响到一生。

市场经济、自由思想是社会列车前行之两轨，教育应是为两轨提供根基支撑。教育功利化、市场化，只服务或偏重市场经济，就离开教育本意了，社会列车就难以平稳运行，甚至会发生倾覆。

教育在相当长的时间，把是与非、白与黑、好与坏简单化、公式化、固定化了，其内涵很多也被颠倒了，以至于教育的结果与原来的设想相去甚远。实际上很多人与事处在传统的是与非、白与黑、好与坏的中间地带，内涵也在与时俱变。用简单化的方式教育孩子，只能使孩子思维越来越窄，未来很难适应多彩的社会。

德国人的认真、严谨、执著、精细、守信甚至看似的死板、教条、固执，根源都在教育，出那么多思想家、艺术家、发明家、技术大师，没有一流的教育是不可思议的。尤德国的职业教育，独具特色，世界领先，铸就了一流的工业文化。如此方有一流的技工、一流的产业、一流的产品。

子不教，父母过；子成才，父母功。虽不完全如此，但父母的作用是第一位的且不可替代。孩子身上映照的是父母的影子，种瓜得瓜，种豆得豆，种下的是跳蚤，绝不可能收获龙种，这既有遗传性因素，也有父母潜移默化和示范教育的决定作用。要使后代成才有为，超越自己，做父母的当先从自身做起。

心灵的自觉、公德的践行，靠的是家庭的熏陶、学校的教化、环境的浸润、社会的互动、理智的支撑、自身的感悟。这些如同丝丝春雨，要浸透大地真得些时日，如大地中间还有隔膜阻挡，那时日会更长。有深厚优秀文化的国人，只要醒悟，跟上来的步子会很快。

要把“中国设计”变为“中国制造”，把“中国制造”变为“中国品牌”，最紧要是需要培养大批优秀的技能工人。这就需对职业技术教育给予更多的重视，在教师培养和实训条件上实现大的突破。同时应在全社会营造学技术、搞专业既光荣，也能实现人生价值、过上好生活的氛围，鼓励更多的优秀中学生进入职业学校学习。

国人的孩子大多一小就被赋予无限的期望，国家教育树立远大理想当好主人，学校要求立志成才成为骄傲，家庭期待“成龙”“成凤”改变命运。在此目标下的学习生活有着无比神圣感，实难与地气接通。现代国家的孩子一小就在实地上，没有什么理想和目标，爱自己、爱家庭、爱生活，学习就是学习，但快乐、自信、爱心融到骨子里了。

兴趣是孩子心智最大的启动器、促进剂，培养良好的兴趣会影响一生。将自己认为是好的也许确是好的兴趣盲目强加给孩子，可能是对孩子心理心智的摧残。良好的兴趣有许多，但最适合孩子就那么几种，选择和培养即是教育水准的体现。

放下成龙成凤的目标，放下改变命运的压力，放下自我酿造的虚荣，把脚踏在大地上，就会减去大半无谓的痛苦和无聊，得到的是天高地阔、坦荡从容，幸福感是最大的成功就会在身边得到认证。

尽管学习是终生的事，尽管学历不能代表能力，但学历的重要性无可代替，学历表明你与哪些人相处，受到哪些熏陶和教育，读过哪些书，达到什么境界，这些会影响和决定人生与社会。至于学习的内容有问题，那是教育需改革的地方。

现实教育和励志最大的误区之一，就是离开大地，好高骛远，以名人名家为范，设宏伟之目标，求一朝出人头地。结果往往是目标越高，路径离实际越远，最后失落越大。能成为名人名家者极少，贴近大地，以身边人为坐标，务实努力，点滴积累，是绝大多数人成就人生的现实选择。

技术工人、专业人员缺乏是目前的突出问题，其原因有传统意识中对技术和服务的鄙薄，更有对职业技术教育的长期重视不够。要出优质产品、优质工程、优质服务，当下更要依赖技术工人和专业人员的培养和素质的提高，他们工资的提升是其价值的承认和归位，有助于在社会造就学技术技能的氛围。

智慧是最活跃、最多彩、最有张力的东西，教育的本意即是把智慧最大限度地启发、导引出来，使人的价值得以实现，从而推动社会进步。以一种东西、一种模式把学生的思维固化套牢，把智慧圈住管死，活力、创造力就会逐步消解和干涸。教育确需很好反思和改革！

青年学生愈益多的乖巧、世故、圆滑，减少的是纯朴、忠厚、实诚，这绝非人的成熟和升华，而是一种堕落和悲楚，映照的是社会的流弊和苦涩。青年学生缺乏担当之心，不疑不问不辩，工于讨好，苦寻捷径，当是最大忧虑之一，主要责任在社会、在教育。教育的反思和改革实是当务之急！

现时的教育的确在循规蹈矩，让人听话，不越雷池，抑制了思维，窒息了活力。结果孩子过早地进入成人化，学会看人脸色，注重讨人喜欢，少了许多的稚气、清纯、朴实，使社会的气息多了几份沉重和无奈。何时返璞归真，社会和人定会轻松、从容、自如许多！

教育的最大目标是浸润心灵，启迪心智，浇灌人性，即让人之爱心、善意、美好得到最大限度的焕发，防止和抑制人先天之恶性的无度膨胀，使人实现信仰、价值的跨越，成为真正的人。唯有真正的人，才能给社会带来不尽的正能量！

中小学的思品课和大学的政治课存在不少问题，主要是大道理和说教太多，语言苍白，表述生硬，缺乏亲和力，有些已与现实相去很远，且多要求死记硬背，本来应是润物细无声的东西变得干巴教条，如此想让学生的心理不逆反就很难了。这可能是目前教育最致命的地方之一，不做根本改革教育难有光明前景。

职业教育是教育体系中的短板，普及高中阶段教育，关键的是优化教育结构，实行初中后的科学分流，大力发展职业技术教育，提高教学和实验的水平，提升对学生和社会的吸引力。同时开通中职学生进入高职的通道。这无论对改善人才结构、促进和扩大就业还是对促经济发展产业升级都有极重要的意义。

家庭教育应成为孩子的最需，学校教育应成为学生的最爱。让受教者在耳濡目染中，在细无声处，明了生命的宝贵，知晓人生的价值，确立前行的目标，掌握生活的本领，成为真正意义上的人，是现代教育的目标。何时使受教育成为孩子或学生的一种快乐、一种追求、一种自觉，教育就与世界接轨了！

教育与每个家庭、每个人息息相关，但传统的教育理念多将教育定位在传知布道、改变命运、成才成功上，多少家长为了让孩子不输在所谓的起跑线上而煞费苦心。实则教育最重要的功能是发现和光大人天性中爱、善、美的一面，通过启迪、引导、教化，使人成为真正意义上的人。走向现代社会，教育的理念当更新了！

大学乃文化交汇、碰撞、发育的家园，思想沟通、交流、升华的平台，以此推动人类文明的进步。如果只能有一种文化、一种思想，那把文化、思想印成书籍代代下传即可，何必费钱费力去办什么大学。国人为何对大学诟病多多，根由在于大学不像大学，文化单调，思想单一。大学真要走向世界，先把胸怀敞开！

教人做人，教人成人，是家庭教育、学校教育的根本，其他都在这一过程中实现。而我们的现实是，从家庭、学校到国家，一小就给孩子定下宏伟的志向，为自己出头，为家庭争光，为国家接班，反而把人生最重要的东西给忽视了，许多人生问题、社会问题由此而生。日后再喝多少心灵鸡汤都难让心灵归位！

家庭教育、学校教育、社会教育最大的弊端就是替代受教者思考问题，把自认为正确的答案视为唯一让人接受，人本来应有的也是最重要的独立思考能力、自我选择能力，被一点点消弭殆尽，致使教育出来的人千人一面，千腔一调，缺乏个性，更缺创新精神。这是教育最大的失败之处，也是社会进步最大的障碍之一。

在如今高度开放、资讯发达、思想活跃的环境下，一些受过很完整教育的年轻人，许多认识还停留在几十年前，封建意识的痕迹还那么明显，独立思考精神还那么薄弱，令人难以理解。看来人的现代观念不是与时俱进、自然确立的，历史的惯性力量不会轻易消解，不从教育等根本上解决问题是不成的。

如今的学生缺的多不是知识，不是能力，也不是雄心壮志，而是常识，是视野，是人文情怀，更缺的是独立思考精神、公民权利意识和责任担当胸怀。根本原因在于教育的体制、理念、目标上出了问题，本末倒置，急功近利。如不做根本性改革改造，将是国家和社会进步最大的制约。

教育第一位的责任不是如何让学生循规蹈矩，不是教了多少书本知识，不是让人成为社会的机器，而应是启迪心灵、启动爱意、启醒智慧、启发动力，让人成为真正的人，融入自然，融进社会，使人性人格得到最大程度的张扬和自由。

在整个社会的发展中，教育是最落后的，似是公认的事实。教育的落后主要不是设施设备的落后、教学水平的落后、科研能力的落后，而是教育理念的落后、教育制度的落后、人文精神的落后。学生独立思考意识的缺乏、担当意识的淡薄、创新意识的弱化，都与此密切相关。

上学和刚刚工作，从课本到社会，都一再教导那些道理应怎样讲，那些历史是怎么回事，那些事情应如何办，可以后发现实际并不完全是那样，甚至完全相反，感到很纠结，有被骗的感觉，需很长的调整过程。启示是，学校和社会不应把不真实、不确切的东西强加于人；人自身要学会独立思考，自觉破除思维定势。

小学不留作业教育部门有明确规定，也是小学教育应该做到的。把时光、自由和快乐更多留给孩子，本应就是教育理念的重要内涵,为何这么多年还不能践行,主要当是功利化的影响太深了。报纸对不留作业的学校如此宣传,恰好说明这方面的问题太多,教育部门对这个问题应予高度重视并切实解决了!

德国实行高中后分流,不足50%进入大学,其他的进入职业院校,人才知识型和技能型得到最佳匹配,由此使制造业走在世界前列。美国大学入学率最高,但技能培育不够,使不少高学历者只能从事一般工作。职业技术教育是我国教育的软肋,有学者说我国教育正踏进美国陷阱,乍一听似有些道理,但实际完全不在一个层次上。

撤点并校原是针对学生数量减少、学校规模太小提出来的,目的是优化教育资源、完善学校配置、有利学生管理、提高教学质量。从大部分地方看,效果是好的。但有些地方由于种种原因,并校之后,学生交通、住宿等条件没有配套到位,发生了一些问题,这确需整改和加强。但不应否定并校、就近入学是相对的。

孩子是家庭、社会、未来的希望,孩子的状况是文明进步程度的标志,孩子好,大人才会好,世界才会好!让孩子不要过早当家,让孩子不要为安全心神不安,让孩子不要有那么多负担,让孩子的心灵远离污染,让孩子永远与自由快乐相伴,让童心在人生中永不泯灭,应是国家和社会在这个节日里作的最郑重的担承!

相对而言,社会现在最缺的并不是什么硕士、博士,也不是什么专家、教授，而是有一技之长的车工、木工、水暖工等且本分敬业的专门技术人才，没有他们的辛勤努力，再美好、远大的目标，再好的设想、规划，都无法变为现实。这些人才的地位在社会还远没有立起来，社会还远没形成学研专业技术、尊重专业人才的氛围。

国家和社会发展到今天，有很多事情也不能同一个标准和要求，但全国小学的基本水准，主要是教学设施、装备、师资大体均衡是应做到也是有能力做到的，即使其他方面等一等、缓一缓，这也是应予保证的。因为唯一等不起、缓不起的是孩子，他们身上有我们未来的梦想。不能苦孩子、穷教育要在点滴上体现出来！

教育与就业是一个问题的两个方面，目前教育上的问题的确不少，但今年就业压力大，主要是因经济结构调整转型进入实质阶段所致。一些行业因产能过剩，一些行业因污染得不到治理，一些行业因出口受阻，一些行业因技术含量低等，不得不压缩规模、压缩用工，社会就业大环境趋紧就是自然的了。

不要把成才说得那么高，不要把成功说得那么远，不要把梦想说得那么玄，人生在世各有其位，只要努力了，尽责了，做好能做应做的事，给自身带来幸福，给他人带来愉悦，给社会带来温暖，就是成才成功，就是实现了梦想。

我们的家庭教育、学校教育、社会教育，一开始多是给人树立伟大的榜样、远大的目标，可望而不可即，可论而不可效，得到的往往是眼高手低，失望大于希望。伟大人物、远大目标只是极少数精英学习效行的，绝大多数人的榜样、目标就在身边和脚下。

外地农民工子女在父母工作地接受义务教育的问题整体上解决了，国家对接收农民工子女的地方还有补助，沿海一些城市不少学校农民工子女占比近一半。有的地方要求学生入学出具相关的证明，主要是为了防止少数农民工带着亲属的孩子来借读造成失范，挤占教育资源，是管理和操作上的问题，理当进一步完善。

日本学校根据不同年龄，组织小学生到超市参观食品进货、销售及处理链条，让他们知道食品是安全和放心的；组织他们参观垃圾处理厂，让他们了解垃圾的分类、回收及员工的辛苦；组织他们参观净水厂的净水流程，让他们明白水是宝贵和卫生的。他们如此进行社会教育，提升的首先是心灵，我们应从中借鉴很多。

对小学生的道德教育、社会教育，应是具体、直观、生动的，通过接触而认知，通过认知而感悟，通过感悟而升华，真正融化在血液中，转化为教养和素质。反观我们这方面的教育，从内容到形式，见到的多是说教、空洞、呆板，成人化、政治化太强，以至于很难实现能量的转化。

父母是子女的第一任老师，父母的影响是浸血入骨的。有什么样的父母就有什么样的子女，子女身后有父母的影子，子女就是父母的招牌，家风的传承是最重要的传承，这些话也许不那么全面，有其相对性，但说的基本道理是绝对的，即父母的素养会影响或决定子女的一生。由此说，父母为子女定标导航当不过分。

学生在校时间有严格规定，问题在于学生离校后和休息日到哪里去，去干什么。城镇改造后公共空间增加很少，更乏学生课外活动锻炼的场地，绿地是用来看的，不是用来玩的，且车辆大幅增加，不安全因素增多，大多学生放学后窝在家写作业或玩就难免了。学生体质下滑是国家隐忧，解决需全社会共同努力。

在现代国家，一些人多是事业发达了建学校办教育，以回报社会，安顿心灵；国人则多是把办教育作为一种投资，是为求得比做其他更大的回报，有些地方政府为减轻财政负担且有一些不当的鼓励政策。如此各类奇异之事出现就不为怪了。国家对投资教育的，一是应设置并严格必要的门槛，二是监管必须真正到位。

人之差异先天占大半，后天占小半，有此才有多彩的世界多彩的生活。后天的努力是为了将先天的差异缩至最小，客观上推动着社会和人的进步。就孩子的教育而言，如说有起跑线的话，那就是政府提供均衡的教育，社会创造公平的环境，家长尽到应有的责任，使每个人的价值都得到展现。其他的说辞多是误导。

工科遇冷，客观上有新的业态尤与网络有关职业兴起的因素，但主要是教育自身造成的。前些年大学的不当合并、学院更名、专升本等，使一些很好的工科院校失去特色，工科教育受到冲击，加上社会一些因素的影响，当工程师、做专业技术人才从不少人的梦想中淡去。没有工科教育的支撑，制造业强国之梦难圆。

传统产业的升级、新兴产业的兴起，本应是为职业技术施展才能赢得尊重提供广阔的平台。可是各类专业技术人才的短缺却成了一些产业发展和产品质量提升的瓶颈。这除了新的业态发展影响外，人们对职业技术的淡漠、职业技术教育的薄弱，不能不说是重要原因。由此更需对教育理念、体制、结构进行反思。

从幼儿园到小学中学，不时地可以看到等级化、世俗化、功利化的影子，孩子纯洁朴素的心灵过早地被不少本应为成人和社会承受的东西浸染，这是令人忧虑的。对孩子的健康成长而言，平等、自由、公义的环境和氛围比什么都重要，小学的班干制、三好制等早已与初衷远去，弊大于利，为何就取消不了呢？

教育的本意是传授知识，传承文明，教人成人，但在现代其更大的意义在于为所有人提供平等的机会，最大限度地缩小由先天原因带来的身份差别、社会差别，突破阶层固化，促进公平正义，这也是所有人的利益所在。担当这一责任的是国家，是面向全社会的义务教育。

这些公共领域最普通的常识、最容易做到的事情，本应是人小时候就化到身上、化到行为上变为自觉，为什么到如今还要提到国家价值层面、动用社会力量不厌其烦地对成年人大力倡导呢？我们的家庭教育、学校教育、社会教育是不是应当深刻反思呢？过去的教育内容和形式中有多少是无用、误区甚至有害呢？

高考加分的本意大概不错，是为了矫正唯分是举可能出现的偏差，但从多年的实践看几乎就没有什么正效应，大多演绎为特权、不公和腐败，社会质疑不断，教育部门几次调整都难以扳正。没有更完善、更严格的办法，以分数一刀切当就是最合理、最公正的选择。

高考加分实行了多年，早已离初衷远去，没感到有多少正效应，为社会诟病，教训很深。此次不少地方作了调整，也许因某种原因，加大了思想品德加分的权重，使之变得更难以操作。思想品德是以何为标准，如何量化，谁来评判，在中学生中如此为之有多大必要？这些问题都有待回答：

高考中所有的加分都是理想化的选项，不论用意如何，不论怎样设计，都会留下人为的空间，圣人也不可能保证其完全公正、消除腐败，最后走向倾覆是必然的。假如体育比赛场上在比分之上设加分来定冠军，那任何比赛就不存在了。

每年的高考都那么激荡人心，都会引发无边的联想，都有潮水般的评论，形成了我们这个超大国家在世界上特有的景观。无论怎样说，它仍是国家培养和选拔人才最为重要的路径，是社会阶层尤其下层实现流动最主要的通道，是公共领域中最为公平的制度，是千百万青年展示青春梦想最广阔的课堂，任何都无可代替。

高考确实还存在不少问题，多年来的多次改革收效甚微，有些则质疑和反对的声音更大些。高考最大的基点是公平，为此也许还要忍耐一些苦痛，承受一些无奈，留一些遗憾，任何颠覆性改革，或者权力因素、人为因素的增加，都可能导致更大的扭曲。与时俱进、科学调整，相信高考会给社会和人带来更多的希望。

两位见义勇为高中生的壮举令人赞赏，许多人呼吁大学畅门直接录取，从情感上讲不过分。但大学招生毕竟不是一块用来奖赏的蛋糕，而是有严格的标准和制度，要开例外的口子也应有法定的程序，经得起历史的审视，让其他考生认同。此时理性、理智最为重要，由此教育部提出的安排专门考试后优先录取是适当的。

让每个适龄孩子入学平等地接受教育，是真正的硬道理，既体现着城市文明的高度，也与城市人利益攸关。孩子入学受教，养成的是爱心、善意和力量，还给城市的是安定、激情和奉献。拒孩子于校门之外，积累的是焦虑、隔阂和怨恨，受影响的或许是城市的每个人。不论出于何种考量，限制孩子入学都是下下策。

有的中学因出高考状元而被称为“学霸集中营”，这实在不是教育的光荣，更不值得炫耀。这样的学校大多都有超常的管理制度和办法、独特的应对考试的路径，不少的与现代教育理念相悖。这样的管理和教育可以育出考试的状元，但很难育出心理健康人格健全的现代人。如果对学生家庭和人生做追踪调查或许看得更清。

我国理工科毕业生虽规模很大，但科研创新能力比发达国家差之甚大，根本性的原因是国人的择业观念和教育理念使然。国人选择职业多非兴趣爱好决定，而是为了改变命运，为了面子，教育则将此心理推向了极端。由此出发在前人的基础上做得最好就成了最高追求，创新、冒险就难了。而发达国家正与此相反。

普通的家庭，不论父母和孩子读书第一位的还是从现实出发，先把生计撑起来，再论其他，尤其孩子应对家庭、对父母负责，不赞成背负沉重的包袱和压力读研、考博、追求个人所好。像小提琴一类如无天赋，如生计还没解决，还是不碰为好。不为生计所累的家庭则当鼓励孩子按兴趣、爱好、所长自由发展，提升素质！

沟通漫谈

交流沟通是人与人之间最基本的功能和活动，当忌以下几点：(1)居高临下；(2)好为人师；(3)夸夸其谈；(4)漫不经心；(5)探究隐私；(6)非议他人；(7)挑起争论；(8)不懂装懂；(9)好拉大旗；(10)吹毛求疵；(11)举止粗俗；(12)不守承诺；等等。同时应知，即使最好朋友，也不可触动最敏感的神经，更不可在伤口上撒盐。如是就会与他人相处得更好。

人与人之间，玩幽默、开玩笑，是大进步，是文明的表现，亦是智者所为。但此为的基点、底线是完全平等和相互尊重，让人在笑声中感到欢乐、愉悦和启迪，而非相反。任何时候绝不可拿他人的生理缺陷、隐私等敏感话题说事，如因此给他人带来不快不适，自尊受损，那就不仅失去幽默玩笑的意义，而且还要寻找自身智商是否出了问题。

人与人之间并非那么复杂，尤与同事之间、朋友之间、亲人之间、上下级之间，只要放下身段，少一点傲慢、在意、计较、留心，多一点谦卑、糊涂、随和、忘却，就会少去许多烦恼、无聊和纠结，平增许多宁静、愉悦和真情。人人之间没多少原则问题，即使有一点也可理性处之。浪费美好人生于无聊之中实为大傻。

人与人之间相识、相认、相处是上苍赐予的缘分、情分、福分，有何大不了的事，非得搞得你高我低、你是我非、你长我短、相互猜忌、互不相让，甚而就是过不去呢？相互接纳、宽容、谅解、厚道，对谁都好，何乐而不为呢？这个世界属于每个人，每个人都不可代替，快乐舒心应是大家共同的目标和选择。

人与人相处共事，不可能处处事事都有共识，不同、相左甚至矛盾难以避免。在此情势下，每个人都会对他人说点什么，表达自己的意志和观点。此时的关键是把握好场合、分寸、语气、分量，让人感受到善意、真情和尊重，如此即使不能达成共识，感情也不会受到损伤。一个人的教养、修养、情操水平在此全面展现。人实际上是动物中的一种，只不过据现有科学证明，人与概念动物最大区别是有思想和尊严。人的一生除生计外，都在为此努力和表现。国家最重要的职能和目标也在此。人如不能思想，没了尊严，则与概念动物无异。概念动物一些方面实际也并不比人差多少，对照动物反省反思，亦是彰显人性、保持理性的重要环节。

丹麦学者卡特尔有句很有名的话："绝不能认为自己比他人好、聪明、富有，同时也不认为别人比自己好、聪明、富有。"此语被称为"卡特尔规则"，揭示的是上苍赐予的每个人的生命都是平等的、不可代替的，无高低、上下、尊贵、优劣之分，前提是先把自己定在准确位置上。由此就明白了人人之间为何要尊重和宽容。

不解实情往往导致误解，误解累积则成为偏见，偏见不释就化作怨恨，怨恨发展就造成矛盾，矛盾升级就是冲突，一有冲突就伤及多人。最后实情也无法讲清，即是讲清也难取信。世上许多事，人人之间许多事，就是这样演绎来的，并非有多深原因和多大背景。了解这些，我们就可生活得更轻松一点、洒脱一点。

日常生活中，对他人在做之事，你认为不妥不当，可以不同，可以不做，可以反对，但不能谩骂，不能讥讽，不能侮辱，以自己之好恶喜怒，情绪化评价他人他事，是对他人的不尊不敬，是傲慢、浅薄、无礼的表现。在法治公德框架下，每个人都自在自由生活，人人之间相容相和，不以自己之见之好强加于人，让个性张扬，当为社会本意。

“己所不欲，勿施于人”，是先贤古训，是一种高尚境界。己所欲，亦不施于人，则是新的理念，是一种现代文明。自己认可接受的东西，自己确定实施的行动，并不能要求他人共进。每个人都是独立个体，尊重每个人的判断、选择、自由，不以自己好恶代替他人，不将自己意志强加于人，是人人相处相融最重要的基础。

说话是一门很大的学问，体现一个人的教养、修养、知识、经验、机敏，前提是对他人的尊重和自身的谦卑，重要的是适当的表达内容和方式，注意的是在何种场合与何人在场，尤当忌讳的是谈及隐私、生理缺陷和贬低贬损他人话题。这是现代人与人沟通交流、建立互信、增进感情的重要问题，努力把话说得更好些吧！

谦卑、宽容、厚道、大度、礼让、低调，这些当是国人现时应十分重视的问题，尽量少一点傲慢、狭隘、苛刻、小气、粗鲁、张扬，国家越发展，社会越进步，财富越增加，人越要注意这些，体现出教养、修养、气质和风度。这样做了，与人的沟通交流就会更为顺畅友好，就会赢得更多的尊重、理解和信赖。

现代文明、现代人理应更多尊重他人的私人空间、私人生活。因长期种种因素使然，国人大多对公共空间与私人空间不大在意，意识淡薄，应关心的关心少，不应关心的反而关心多，一些不应出现的不快、摩擦、纠结就出现了。看来真正与文明接轨尚需普及一些基本常识，做持久的努力，更需先觉者发挥示范和引领的作用。

争吵是无礼的表现，谩骂是粗鄙的标志，平和是教养的内涵，坦言是真诚的所在。有话好好说，有理也让人，真情是桥梁，人人宜沟通，润心更需纯，相处重神融，大家如是做，何虑不兼容，美好人生路，自在我心中。先人有那么高之境界，现人自当跟上来，与时俱进，首要的是体现在人的素质提高和人与人之爱上。

幽默是一种智慧，讲笑话是一种艺术，两者都以尊重他人为前提，以知识为基础，看对象，看场合，看气场，有度有节。忽视这些，粗鲁庸俗，就会使大家陷于尴尬，效果会适得其反。

谁的认知都有局限性和盲点，领导者、管理者的聪慧明智之处，在于主动、经常听取他人和属下的意见，注重沟通交流，实行良性互动，不断矫正偏差，把失误减少到最低。这需要的是放下身段，去掉固执，多些谦卑，少些傲慢；多些自以为非，少些自以为是。常见的是多以为当了领导和管理者就什么都知都懂了。

什么东西都代替不了人与人之间直接的真诚沟通和交流。做一个好的管理者,当然要有相应的管理知识管理能力,同时须有与员工的沟通能力,了解员工所思所虑所求,把管理工作做得更贴近员工,更人性化。这样的企业才更有凝聚力和竞争力。

融洽良好的人际关系,永远都是人在社会中快乐生活、做好事情最重要的因素。一个地方,一个单位,有再好的目标、规划、设想,没有大家真心的认同、合作、支持,都难以实现。领导者管理者的工作水平、协调能力、个人魅力主要体现于此。好的人缘人脉靠长期养成,权威权力的作用不少时候真是有限。

注重沟通,学会沟通,善于沟通,不论对为政者、管理者,还是对普通公务员和一般从业者,都十分重要,是做好工作、为人处世的基本功。一些工作做不好、事情处理不好、人与人相处不好,往往不是政策问题、原则问题,而在于沟通不够,路子不通不顺,方法、情感到不了位。沟通实质即是心灵的碰撞和融会。

"逢人只说三分话",过去多作贬义。实际想想也对,对人了解不深,说话当有所保留;人与人之间交流,当是真情倾吐,但也应注意分寸,过多说自己不如意或得意的事,探知和议论他人的事,都是不妥的;说话应留有余地,不可说满说过;人际交往中实话并不能都实说全说,要注意他人的感受和情绪;等等。

说话是人的修养、知识、智慧等综合素质的体现,是人人之间沟通交流的主要渠道和方式。有话确需细细思、好好说,让人悦,自身爽。大意、粗鲁、尖刻会伤人,善语、良言、谦辞暖人心。当说则说,当止则止,当忌则忌,当让则让,说之有礼,争之有度,平等尊重,平心平和。这些恐怕都是应注意的。

人与人相处,谁也不会喜欢对方的傲慢。但傲慢这东西几乎存在于每个人身上,职务、权力、资历、财富、知识、职业,甚至年龄、性别、出身、容貌等,都可能成为傲慢的理由而自觉不自觉地表现出来,使人与人之间的正常交流和沟通不少时候变得尴尬和陌生。这当是源于先天的平等意识淡薄和后天的教养修炼缺失。不得不承认,这种傲慢是国人文化和生活中很大的一个软肋。反映到社会领域,导致了一些政府官员和掌握公权力人的傲慢,成为公信力下降和不少社会问题出现的重要原因,制约着人性的张扬和社会的进步。学会谦恭,拒绝傲慢,是每个人提升自己素质的必然,是公权走向成熟理性的必然。

倾听是一种修养、胸怀、能力,与人沟通交流,当从倾听做起。倾听以真情真诚做基础,谦卑谦恭是前提。心不在焉、环顾左右、居高临下,那不是倾听,而是敷衍、应付和傲慢,说重了是对对方人格的侵犯。那就永远也听不到实话真话,也不可能交到真正的朋友,所谓的沟通交流只是卖弄和招牌而已!

讨论研究问题，每人畅所欲言最为重要和可贵，是一个单位风正气清的表现。因每人的位置、经历不同，不可能要求意见完全一致，谁也不应把自己的意见强加给他人，从大局出发，最大程度达成共识就很好了。一时达不成共识也不要紧，可各守一方，慢慢磨合。需注意的倒是应十分重视少数人的不同意见。

无论什么话题，无论有何人，无论什么情势，大家都应平等、平和、平心讲道理，谁也不是真理的最后权威，谁也不是真理的最高判官，谁也不应把自己的见解作为终极真理强加于人，真理在大家的共识中。你可以否定他人的意见，但应尽量表明否定的理由；你可以激情争辩，但应不失理智不越底线。讨论和争辩问题，应提倡君子风度与贵族精神，我不一定同意你的观点，但我绝对尊重你发表意见的权利，声高、激动甚而激愤难以避免，但理性理智要坚守，不能太武断予以彻底否定，不能讲粗语有损尊严，不能相互诋毁搞人身攻击，更不能罗织罪名以图消灭。现在这样的环境这样多的平台，有什么话不能好好说呢！

上至政府与公众之间、政府与企业之间、媒体与社会之间；下至人人之间、家庭之间、朋友之间，保持良好的关系，最重要的是及时、有效的交流和沟通。沟通到位了，气就通了，事就顺了，否则就会发生淤塞梗阻，矛盾就出来了，麻烦就多了。沟通的前提是平等，核心是真诚，要义是持衡。

愿议人是非，好窥人之私，爱管他人事，是国人一大特点，在现代社会则弊大于利，许多不快、纠葛由此而生。社会发展了，人的文明修养、习惯亦要跟上，当讲相互尊重、包容，不议人短长，不窥人隐私，不问人之忌，己所不欲不施于人，己之所欲亦不施人，让每个人的生活、心境中都保留一块属于自己的空间！

对他人私人空间的好奇心理、窥视心理、嫉妒心理和好心过度、关心过度，是国人文化和为人处世中不好的一面，尽管多无恶意，但不少的尴尬、纠葛、不快由此而生，阻隔了人与人之间的正常沟通与交流。文明走到今天，语境改变了许多，社会生活日益融入世界，这些也应当很好转换了！

有话得好好说，好话也得说好，考虑到对象、时间、场合等因素，考虑到他人的心理感受。平等尊重是前提和基点，圆融温和是要义和方法，当忌讳的则要忌讳，当淡化的则要淡化。尤当注意的是不说触及感情伤口的话，不说绝情的话，尽量少说教训人和强加于人的话。任何时候悦耳舒心的话都会如同春风般温暖！

当郑重研究某个问题时，随意讲不搭边的笑话；当表达怜悯仁爱之心时，随情说坏事可以变好事；当处于悲痛难受状态时，随便谈风花雪月的话题。这些行为既不合场合气氛，也缺必要的尊重和礼貌。

谦卑、平和既是姿态，更是修养，在世俗东西包围而无法离开时，保持着谦卑、平和更为必要和可贵，才能被人容、容他人，说好自己的话，听到更多的话。

赞美是爱心、知识、阳光的体现，学会赞美是一种修养，是一种智慧，是一种气度，与人相处、涵养人脉，从学会赞美做起！

对如何把话说好，人们有不同的见解，一般理解应是说自己想说应说的话，说让人愿听和听得进的话。苏格拉底如是说：从根本上说，既不是说自己想说的话，也不是说别人喜欢听的话，而是说你应该说的话，并用别人喜欢的方式来说。这里的应该说、说什么、怎么说，如何知道并用别人喜欢的方式，文章可就大了！

你明白的道理，朋友说出来更容易接受；你知道的事情，朋友说出来更感到真实；你也会说的话，朋友说出来更加温暖，这就是沟通、交流的力量。

说话是一个人性情、知识、经历、教养、修行的综合体现，把话说好，展现着自我，活跃着生活，沟通着他人，联系着世界，是成功的开始，是成功的动力，亦是成功的标志。告别死板，去掉僵硬，多些幽默，多点人文，你的话语会有更大的魅力，展示出一个新的自我，世界和他人会有更大的空间接纳你、融合你！

在公共空间，说真话就是自由表达，能说随情随意的话，能说错误的话，能说让人生厌的话。让人都说正确的话就是不让说话。如果人说话还得左顾右盼，还会心有余悸，还要寝食难安，那不是人有病就是社会有病。当然有话应好好说，如说话引发人们恐惧，造成社会恶果，侵害他人权利，那法律之剑就会光顾了！

耶鲁大学人际交往理念：(1)假定人都是善良的，真心对待每个人。(2)挖掘每个人的优点，真诚赞美别人。(3)朋友要全面撒网，重点培养。(4)知己可遇不可求。(5)真诚助人，不求回报。(6)学会说不，别让友情成为负担。(7)尝试让别人去读懂你，好过挖空心思去读懂别人。这对于我们与人沟通处事是否也有很大启迪呢？

有话好好说

与人相处是人生最大的学问，是人安身、立业、发展的基础。其他方面有再高的天赋，如不能很好与人相处，都难实现价值，可以说与人相处的高度决定着成就的高度。每个人都希望他人对自己好，希望得到他人的认可和帮助，但前提是得知道自己处于什么水准上，准备如何对待他人，能为他人带来或做些什么。

说话是人最基本的表达方式、交流方式，人的秉性、教养、修养、知识、层级，通过说话很快就能感觉出来。要在社会立足，就当重视说话。你可以随情随意表达，可以自己喜欢的方式与人交流，但这须建立在尊重他人的基点上，须注重他人的感受，须遵循普适的规则。人的心理、感情需共同呵护，有话真得好好说！

1. 说话是人最基本的功能，是日常沟通交流的主要形式和渠道，是人综合素质的直接展示。把话说好，有利于人与人之间感情的交流、友谊的增进、合作的加深，创造和建立良好、融洽、持久的人际关系、社会关系。但平时不少时候、不少场所，为什么听人说话或说话人听，感觉的是不舒服、不畅快？

2. 任何时候都不讲幸灾乐祸的话。在开放的社会，任何的灾难苦难和不幸，都可以说是人类生存和发展的共同代价。对他人灾难苦难和不幸的幸灾乐祸，是人性残缺、心灵荒漠的反应，是教养修养和怜悯心缺失的表现。对他国他地区也是如此。不幸灾乐祸是一种高尚，表现出幸灾乐祸则是人格的自残。

3. 在美国你可以拿包括总统在内的任何公众人物和明星开涮、戏谑，但普通人之间的交谈，种族、肤色、信仰、性别、宗教甚至体重都是敏感和禁忌的话题，如公众人物公开开这类玩笑那就是大问题了。我们平时的交流，则应尽量力避说涉及他人生理缺陷或特点的话，防止触及心灵的伤口，引发不快。

4. 尊重和保护他人隐私是普通公德，如婚姻、家庭、年龄、收入、孩子、住房等，都属私人空间的事，比较敏感，不少人忌谈，除非十分熟悉，一般交流当避免涉及。国人过去多不大注意，时常“好心过度”“关心过度”，大大咧咧，失之于粗，不该问不该说的问了说了，造成不少的尴尬和不快。

5. 国人多有三个不好的心理：一是窥视心理，喜欢打听知道人家的事；二是嫉妒心理，对自己不如人家的事盲目攀比；三是显摆心理，对自己得意的事随性张扬。由此在日常说话时就很少考虑他人的感受，很容易无意中触到他人敏感的神经，造成不应有的伤害，有时则会说着他人事，伤了在场人。

6. 尊重女性是现代文明的一大标志，日常说话交流中，随意问及和谈论女士的年龄、婚姻、身材等，是文明、礼貌欠缺的表现，如是有意为之则更有失水准，最易引起不快的是打听或变相问及年龄。在女士面前讲黄段子、用语粗鲁亦属如此。这些既可能会伤害情感，影响交流的气氛，也会自降身价。

7. 知性知情的朋友在一起，互相调侃诙谐相讽未尝不可，但除此之外，特别是有女士、儿童、老人在场时，讲粗语粗话，讲黄段子，就很不雅了，既有失文明礼貌，降低自身品味，又会使他人难堪，影响交流气氛。如是在工作场合多讲这些，则是有失严谨了，他人会认为你是个工作不着调的人。

8. 交流中不少人喜欢用比喻说人说事，用得好会让人愉悦，但如用得不当则会让人引起不快的联想，尤随性把一些不相干的人扯在一起喻之，就可能会造成尴尬。如以林黛玉比喻女士，以贾宝玉比喻男士，本意是想夸人漂亮年轻，但多心者就会往年轻早逝和婚姻变故上想，对气氛的影响自然就大了。

9. 大家在一起时而开个玩笑，幽默下，有利于创造友好宽松的气氛。但前提应是善良善意，让他人在笑声中感受尊重抬举或是欢乐愉悦。如是让人有受到嘲笑、责贬甚至侮辱的感觉，那就适得其反了。因而开玩笑要注意对象、场合、氛围，注重他人的感觉，玩笑开过头了引起不快甚至失和的例子不少。

10. 愉快聚餐时，有人讲到与如厕有关的秽语，会感到反胃；参加喜庆活动时，有人谈论谁的病情或死讯，会感到扫兴；欣赏美景美艺时，有人聊起血腥事例和场景，会感到难受。相聚交流时，要避免讲大家忌讳和不合场合、时段的话，杜绝那些不雅不良的字眼，防止影响心情和气氛。

11. 日常交流时做不止的争论，不论涉不涉原则问题都无必要，既会耽误时间，又可能伤及感情，明智的做法是缓和气氛，及时断开，转个话题。真的争辩起来，也不必非得求个是非，不要说狠话和伤人自尊的话，更不可把人逼到墙角而自鸣得意。能饶人处且饶人，自己有错应低头，得理也要让三分。

12. 大家交流时，最好的是随性随情，畅所欲言；一言不发故作深沉，或说些不着边的话当然不好，是无诚意和真心的表现。但如不注意，只自己高谈阔论，喋喋不休，不顾他人，就不好了。如是有意卖弄自己，似是什么都懂，或是以教训的口吻说话，就让人生厌了，因谁也不是为受教育、受教训来的。

13. 在大家高兴的时候谈论自己不满和痛苦的事情，在他人沮丧和痛苦的时候谈论自己得意的事情，都是不合时宜且不礼貌的。应当知道，任何人没有为你分担不满和痛苦的义务，你也没有在他人情感的伤口上撒盐的权利。人人之间沟通交流的气氛需共同悉心呵护！

14. 交流交谈中，谁都可能说错话，甚至是常识性错话，但如当众立马纠错，当事者往往会感到很没面子，如以嘲讽、挖苦口吻对之，则可能会伤及感情。比较好的做法是，对一般性的错误完全可以不去在意，对易引起误解或影响感情的错误以婉转口吻提示或待后告之。至于随情好友间则可随意些了。

15. 与人交流交谈时，应切忌心不在焉、敷衍了事，如不时看手表、弄手机，或是环顾左右而言他等。如果约定与他人交谈，又不时接打电话等，给人的信息是：眼前的人不如电话里的人重要，你不是对事情有掌控能力的人，你不是在郑重对待约定的人和事，你面前的人心会离你更远。

16. 在没有孩子的人面前谈自己孩子如何可爱，在父母故去的人面前谈自己父母如何健康，在婚姻有问题的人面前谈家庭如何美满，或是拿着他人的缺项或失意的事说事，不论是否有意，都可能让人感到难堪，心里不爽。这就是说，实话并非都要实说、全说，把握好分寸，考虑到他人的感受是十分重要的。

17. 说了那么多需注意问题，是否大家在一起就无话可说或有话难说呢？不是的。关键在于注意寻找大家共同关心和感兴趣的话题，天文地理、国家大事、社会问题、网络情态、市井趣闻、生活情趣等等，都可以引起大家随意随情去聊。既交流看法，相互启迪，又增进了解，加深感情，何乐而不为？

18. 为何说话中需注意那么多呢，最重要的就是为了体现对他人的尊重。尊重的力量虽看不见摸不着，但却难以估量，无可代替，是最易做而又最难做的。大家在一起交流，是为了相互启发，增进感情，除非有意谁也不是为了吵架或使他人难受。真正相互尊重了，人人之间交流、相处就有了基本前提。

19. 说话是一个人教养、修养、知识、素质的综合反映和体现，把话真正说好，在理念上当把握：

(1)平等、善意。人人生而平等，大家在一起交流，平等是基础，善意是灵魂，最当忌的是注重尊卑高低，最不要的是恶言相向。人人都有其位，人人都不可代替，决不能以已之见之好强加或代替他人。

(2)谦卑、平和。与人交流，主动放下身段，谦卑一些，平和一点，会增加亲和力、感染力，实现好的效果。如是傲慢固执、居高临下、激情用事，他人就会远离而隔断交流。傲慢几乎人人都有，身份、职务、财富甚至知识都会成为傲慢的理由，自觉不自觉地表现出来，成为人人交流和相处的障碍。

(3)真诚、用心。与人交流上，装腔作势、虚情假意、空话套话大家立马就能感觉出来，并进而生厌。而真诚、用心、实在、坦荡会很快拉近人之间的距离，找到共同的语言。人性人情是相通的，人是最容易感动的，以真对真，以心换心，以实求实，以情融情，得到的不仅是实话好语，而且还有真情。

(4)明了、简约。美联储原掌门人格林斯潘最大的智慧是接受采访时让人听得一头雾水，记者发出的稿子往往大相径庭，此乃特殊职业使然。朋友、同事之间交流就不能这样了，有话明着说，让他人听得明。吞吞吐吐、转弯抹角、画圈圈、卖关子，自己累，别人会更累，思想和情感都碰不出火花。同时，当切记和讲求简约简洁，有话想好之后说，先从紧要处说，力求干净利落，用最少的话语使自己的想法得到最清楚的表达。啰嗦拖沓、喋喋不休、不着边际、废话连篇，不仅会耽搁想法的表达或产生误解，而且还会让人生厌。不过这是需从知识、语言、表达上下大功夫的。

(5)大度、包容。对他人说话，前述各项自然当注意。但从自身来讲，在听他人说话时，则应大度、包容，该粗拉时粗拉一些，该简单时简单一些，该糊涂时糊涂一些，完全不必那么太在意、太较真，感到不合适不愿听可一笑了之或及时岔开话题，以免尴尬。如是为政之人或地位高些者，更要注意。这是一种胸怀，一种境界。如听他人说话太在意、太较真了，就有可能时时陷于不安、烦恼、激愤之中，难得清静和舒心，老在琢磨他人的话是什么意思，有什么背景，有什么弦外之音，不仅不能给自己带来任何益处，而且还会使自己的心绪和生活复杂化。糊涂是福在此亦适用。

(6)学习、历练。得体、幽默、深邃的语言源于广博的知识，畅快、可心、完满的表达需经有效的历练。因而，博学扩知、历练提能是把话说好的基础和前提。当注重积累，扩大视野，善于回味和感悟，把知识与生活融会贯通；

积极与人交流，勇于表达见解，锻炼和提升口才能力、技巧。

“有话好好说”这个题目发了 19 条，就此打住了。这本是个讲座，原来有不少例子掺和，可能还有点兴味，到这里就剩下干巴的话了。不论如何，都属本人在工作生活中的体会、感悟、思考，展示在这里，主要是接受朋友们的评判和指点，如能有一点启迪和借鉴作用的话，那就无上荣光了。

人生感悟

人们往往过分在意别人对自己如何，很少想到自己对别人如何，多是想自己对别人的好处，许多烦恼由此而生。实际上人与人之间最重要的是尊重、理解、宽容，多责己，宽待人，心就平静平和了！

人当然要知道什么时候前进，也要甚至更要知道什么时候止步；当然要知道什么时候争取，也要甚至更要知道什么时候放弃。作后一种选择往往需要更大的智慧和更宽的胸怀！

得失是人生之常态，但大多数人往往只想着得，而很少想到失。有得就有失，失也往往即是得。阴阳平衡，得失也会平衡。

李光耀讲：作为自然人，当知大小、老少；作为社会人，当知善恶、荣辱；作为经济人，当知轻重、取舍；作为文化人，当知贵贱、真伪；作为公职人，当知主仆、敬畏！作为女人，当知你并非一切，保持本色自尊；作为男人，当知一切并非你，随时准备担当。他说得真好，作为人，当永远记住你是谁！

自然人皆善人也，唯此方有最大公约数，共生共存，相处相守，代代相传；社会人皆凡人也，唯此方能争利竞上，保持生机，促使人类自身和社会进步发展；公职人皆恶人也，唯此方能设计演绎出精密严格的社会规则、法度与制衡机制，保证人类的共同利益和社会的长治久安！

谦卑是一种修炼、教养，是一种心境、品格，是一种敬畏、高尚，是一种信仰、力量，国人多将其与卑贱、低下、软弱、无能联系起来，许多傲慢、无礼、粗鲁、蛮横就轻而易举地经常发生了。做一个好人，为一个好官，不妨从谦卑开始吧。

上午在网上发了个随手拍的山间杜鹃盛开艳放的照片，幸得几位大家赏识转发，竟引来近 10 万网友阅看，有些还赋诗作词，实是始料未及，大为感慨。由此思之，每个人心中皆有美，对美的感受大致相当，美超越意识形态等很多，美的省悟力是其他难以超越的，自然、社会、人太需要美了，多一些美，生活会更美好！

昨晚几位老同学一聚，酒过三巡，胡吹神侃，甚是畅快。细思之，人啊人，真是不论处何位，都各有长短、得失、甘苦、取舍、进退，最后人人之间、每个人自身，大体上是平衡的。上苍最为公平，给每个人的空间、机遇是平等的，既不要为几时几事的幸运得意而狂喜裸奔，也不必因哪时哪事的背运失意而沮丧告衰。

饱满的谷穗低着头，虚浮的芦花仰着脸。有真才实学、深厚功底且踏实做事的人，多会谦卑恭和、内敛低调、质朴无华，即是性情中人也会处之有度，让人三分；显摆张扬、自我吹嘘、生怕他人不知或慢待的人，多是胸无点墨、内心空虚、缺少自信、为人处世不着调的人！

面对错误的态度，是人的内心世界、价值取向、为人性情、处事方式的具体展示。人生在世，谁能无错；世事万千，焉能无误。最需要的是对错与误的正确面对，理性分析，寻求和落实处置之道，很多差距就是由对错误认知的不同对待造成的。一个人是如此，一个单位、一个组织、一级政府也是如此。

勇于挑战的人是不满足现状的人，实际上世界发展和时尚的潮流是他们引领的。在勇气、自信、理性、智慧的支撑下，以挑战超越自我，超越现状，超越极限，就会站在新的制高点上，欣赏到无边的美丽风光，收获骄傲和成功，人生就会展现耀眼的风采。社会对挑战者给予更多的理解、包容和掌声是文明、成熟的体现。

处于领导之位，尽好领导之责，保持人格之尊，放下领导架子，体谅他人之情之难；不任领导之时，做好分内之事，守住为人操守，修身养性润心，善待天地间之一切。世常存，人常在，官一时，铁打的山河、长久的人生、流水的位子，不为官所累，不为位所羁，多些换位思考，多些平民情结，开心快乐就会永远伴随！

世间的纷争、冲突、矛盾、不和等，大者烈者，多为权势、利益、信仰、极欲等所致；其他大部由无知、偏见、误解、固执、冲动、狭隘造成，前者不论，后者假如按“己所不欲，勿施于人”之古训，在裂痕将显最后一刻，各自能后退一步，那就会是海阔天高，风轻云淡，可惠及多少人啊！人如是，国如是，难矣，理想之期待也。当然先明此理也好。

己所不欲，勿施于人；与人为善，善及自身；将心比心，不忿自平；后退一步，风淡云清。这些都是浮躁之人上好的静心剂和醒酒汤！

不论做什么事情，拥有激情和好奇心都是最重要的优势和动力。给别人更多的关爱，自己发展的机会会更多。自己活，更要让别人活，让别人活得好，自己才能活得更好。

人与人：无业之人，人怜之；无能之人，人容之；无力之人，人助之；无知之人，人薄之；无礼之人，人轻之；无情之人，人拒之；无畏之人，人亡之；无信之人，人远之；无诚之人，人避之；无德之人，人鄙之；无私之人，人非之；无仁之人，人弃之；无义之人，人唾之；无孝之人，人责之；无道之人，人伐之！做本色、平凡、自尊、善良、大道之人！

人与人：有德之人，人敬之；有仁之人，人归之；有信之人，人近之；有诚之人，人交之；有识之人，人仰之；有胆之人，人尚之；有能之人，人重之；有礼之人，人习之；有善之人，人崇之；有教之人，人学之；有义之人，人亲之；有情之人，人爱之；有志之人，人向之；有道之人，人拜之！人性归一，大道通天！

人生而平等，无高低贵贱之分，此为社会之基石。但因个人天赋、秉性、知识、经历等之不同，使每个人都呈现鲜明之个性，导致社会色彩斑斓五光十色之状态。在良知、理性和法律的框架内共同生活，生生不息，代代相传，佐证人人都有立足之理由,人人都不可替代,谁也离不开谁。因而人人相惜相扶、相容相爱,乃为正道大道也!

人在享用权利、自由生活的同时,当知应畏、应惧、应忌;知何戒不可破,何欲不可纵,何事不可做,何行不可为,何语不可言,何规不可违,何权不可侵,何利不可得,何物不可用;对他人既不仰视,又不鄙视,更知自己是谁,明白大与小。上苍在看管着你我,明此理,你就能充分享用权利,自由自在生活。

多观世界之变,多察时势之进;多与青年交流,多向智者讨教;多上网络淘淘,多到书摊翻翻;多一些反思自省,多一些质疑问道,那就会少一些无知、偏见、固执、麻木,多一些新知、公允、理性、清醒,立于进步的潮流之中。历史、社会前进的步伐不会等待任何人,亦不会给任何人过多的恩赐,最大的能量在每人自身。

淡定、淡然、简单是成熟阳光的标志,世故、圆滑、老到是心计阴暗的表现。前者为现代文明的必然,后者是落后文化的延续。现代人当知取舍!

谦卑并非自卑,而是一种高尚;内敛并非低下,而是一种心境;宽容并非苟且,而是一种胸怀;倾听并非无知,而是一种尊重;退让并非软弱,而是一种自信;放弃并非失败,而是一种进取;淡泊并非无为,而是一种修养;平静并非消极,而是一种境界。明白这些,面对纷繁世事和多彩生活,就会作出最佳的选择。

既不为他人所左右，又注意倾听他人意见；既自己要有主见，又不过于偏执；既要敢于坚持对的，又不一意孤行。人在世间，生活和工作离不开他人相助相扶，再怎么高明也不能保证自己的想法、主意都是对的。保持内心的平静，经常地自以为非，拥有开阔包容的胸襟和良好的人际关系，都是走好人生之路不可或缺的。

无论说何话做何事，最重要是把握好度，说话当有分寸，做事留有余地，既不可不达，亦不可过头。内敛是心境，谦让是修养，宽容是胸怀，厚道是通径。得理应让人，好事当共享，有路一起行，田地要同耕。如此，在人生之路上，就会左右逢源，得到更多人的理解、厚待和扶持，发展的天地会更加广阔！

对他人多一分善意，自己多一分心安；对他人多一分宽容，自己多一分从容；对他人多一分理解，自己多一分力量；对他人多一分厚道，自己多一分天地；对他人多一分阳光，自己多一分温暖。待人尤如待己，己所欲先予人，己之愈好愈进愈成，当需助人好助人进助人成。对他人漠视和苛求的人，只能在孤寂中徘徊而难成就。

情绪自我管理实际上就是要保持理性理智。人出毛病、栽跟头，很大成分在于理性失控，理智倾斜，依情绪支配行动。尤现时影响人情绪因素太多太杂，浮躁急躁心态随处可见。平静心态，平和处事，是人最重要的修炼修养。可以说，把情绪管理好，就会占据人生制高点，成功的三分之一就有了保证！

童心即是活泼、单纯、善良，是人性的原生态，是最可宝贵的东西。青年有一分童心，就会少一些老成和世故，多一些激情和活力；中年有一分童心，就会少一些暮气和心计，多一些冲动和率直；老年有一分童心，就会少一些放弃和衰退，多一些作为和年轻。人有童心，社会有童心，才有更多的希望。愿童心永远不泯！

对人的尊重，主要看对最普通人的言谈举止；个人的修养，主要看日常的待人处事；胸襟的开阔，主要看对小事的关注处置；工作的认真，主要看对简单事项的所作所为；责任的担当，主要看紧要时刻的自信坚守；气场的大小，主要看对周围事物的辐射影响；定力的高低，主要看对突发因素的应对决断。

开眼界、多理性、降欲望、戒贪婪，心境就会宽敞许多、平和许多，人生之路就会走得更顺一些、更好一些。人的许多烦恼、纠结都是自己找来的！

人当敬畏上苍、敬畏自然、敬畏法度，知大小，明理道，如此才有自由，成为真正的人；如是为政，则更当敬畏生命、敬畏民众，知道权力从何而来，边界在哪里，应该做什么、如何做。如无敬畏之心，必无律己之意，无所畏惧，就很可怕了，是普通人就会为害自己与他人；是为政之人，为害的就会是民众和社会。

聆听、倾听是一种修养、智慧、水平和能力，学会和践行此道，就会感受更多的真情，感悟更多的新知，感怀更美的生活，洗刷心灵的灰尘，祛除身体的疲惫，焕发前行的激情，架起跨越的桥梁，成为人生的主人！拒绝聆听、倾听，等于向真情、现实和世界告别。

包容是一种修养，一种胸怀，一种境界，更应成为为人处世和生活的方式。时刻想到，别人可能是对的，自己可能是错的，很多东西并非是以对错分的，很多东西本身无所谓对错，很多东西分清对错并无多大意义，很多东西比对错还重要。想通了悟透了，包容就会成为一种思维，成为释放善意的自觉行为。

注重总结、检讨、反思，才能一点一点地成熟起来。没有看到固执、刚愎、一意孤行，而把事情做好受人尊重喜欢走向成功的范例。

坦然、宽容、珍惜，是一种修养、品格、胸怀、气度、境界，是君子之风、智者之为、仁人之行，想到容易践行难，践一时容易坚持难。无论如何作为人生追求励自身，会益处多多！

厄运对任何人都非福音，能避躲厄运是人之幸运，应对厄运是人之能力。宁愿远离厄运而碌碌无为，绝不为应对厄运而图虚名。但人在现实面前是无法躲避的，人不可与现实为敌，只能正视面对，顺势而为。相信敬畏上苍、知道大小、善良待人、理性处事、脚踏实地，就能最大限度地远离厄运，在坦途上一路向前。

活在当下，把握当前，知人知足，控制欲望，净心静处，与人无争，你就掌控了人生的主动权，想不潇洒都很难。

人在激情创业、追求生活时，往往把每件事都看得那么重要，都那么认真对待，不懈跋涉，一路前行，难得静下心来回味思考。当达到抛物线顶点时，瞻前思后，就会有一些新的感悟和认知，境界就可能得以升华。人大都这样步步走向所谓的成熟，他人和后人则可从中得到一些启示。

夜深思之，茫茫人海中，人人相认相识相处，真是上苍赐予的缘分、情分、福分，理当十分在意和珍惜。10 岁左右，处的是天情；20 岁左右，处的是纯情；30 岁左右，处的是激情；40 岁左右，处的是友情；50 岁左右，处的是真情；60 岁左右，处的是实情；70 岁以后完全回归到本性人情。好友聚之，发上感知，大获认同。

人的潜力是难以估量的，懒惰是人之天性，一般人大多对自身潜力估计不足，对人生挑战缺乏足够信心，加上客观环境的不确定因素多，因而不少时候缺乏开头、动手和坚持的勇气、毅力，失去了改变生活和命运的机遇。社会所应做的就是通过教育引导和创造环境，使更多的人认识到自己的潜力，增强自信和勇气。

放得下才拿得起，放得下方有轻松，拿得起才可成就。

而难的是明白什么时候放下，把什么放下，应拿起什么，如何拿？不少人的欲望太多太大，该放的多放不下，而该拿的又拿不起，并在放和拿上纠结，导致怎么也轻松不起来，该做之事又难做好，在身心俱疲中挣扎前行。修心在先，降降欲望，放放身段，就好了。

优雅是女性的最高境界，淡然是男士的最高境界，是教养修养气质之集大成和外在表现，绝非一朝一夕可成，得靠上辈的传承，靠环境的熏陶，靠知识的滋润，靠自身的修炼，靠点滴的积累，靠持久的养成。达不到亦不必太急，知己之不足，知哪是目标，知如何达到，有心有力持久为之，就不会远了，就是高尚之人。

朝拜、领略、欣赏了一些人文秀山、奇观美景，常思之，单个之人在上苍、自然、历史、文化、艺术面前，是多么渺小，多么短暂，多么有限，尽管这些不少是人所创造的。每个人有再大的能耐，也都是历史的匆匆过客，好好敬畏这些，常思己之短之缺，修行修性，才会知道大小，才会有立足之地，才会不断进步成事。

以无言、庄重、平和、宽恕、谅解、友爱、仁慈改变和导引他人心灵，消人之忿之怒之怨，平实生活，实是高尚大德之事；有教养、修养、知识、内涵之人方可为之；达到难，达到之人少，但作为目标，应予追求和努力。在此过程中，可察人之心底，观人变之轨迹，通人之真情，既有益于他人，又可使自身得以升华。

大多数人一生都在千方百计做加法，对普通人而言不能说不对，因唯此方能谋生；但因欲望使然，多不懂不会做减法，尤为官从商者更甚，对利与名及其他，不论有用无用或有多大用，都背着不放，难以割舍，身累心更累，到压得喘不过气时才明白，但已晚了。做加法是本领，做减法是智慧。美好人生真不应如此！

得理也让人，己所欲也不施于人；遇事先从善意想，做事多替他人虑；不无事生非，有事也不多非；小事就是小事别当大事，大事也不随意上（纲）挂（靠）联（系）。这是一些很人性很善良很温暖的为人处世思维和方法，是人修养胸怀气度的体现，用之为之，可得到许多惊喜和愉悦，消去很多烦恼和无聊，利人利己。

记住他人对你的好，不只是为了感恩，更为了使温暖常存心间；忘记他人对你的不好，不只是为了释怀，更为了使怨恨不再延续。忘记你对他人的好，不只是为了静心，更为了使善良成为习性；记住你对他人的不好，不只是为了自责，更为了使理性得以升华。

人谁都非万能，更非圣人，当受得了委屈，听得了兽语，吃得了酸辣，经得起风浪，熬得了寂寥。人一生不确定因素太多，谁都想畅通无阻，谁也难免不顺，可选择的只能是从容理性面对。如企望时时事事如己所愿所求，那就无法与他人为伍共处，要么是幼稚无知，要么是傻瓜一个。可叹的是，如今这样的人还有不少呢！

人往往对他人得到的好处看得见、看得多，对自己得到的好处看不见、看得少，而对遇到的不好，对他人多漠视，对自己多放大，于是不平衡、抱怨、嫉妒甚至仇恨就发生了，造成了许多遗憾和裂痕。实际上上苍对每个人都是公平的，每个人都有自己的人生轨迹，对他人不傲视、不仰望，对自己不自恋、不矮化，平和处之，就会豁达快乐许多。

现人为何那么累，是因老在奔跑不停；为何不停，是因前面只有一个目标，那就是权和钱。实质此远非人生全部，更不代表全部。放慢一下脚步，或者停一停，让心跳得不那么快，就会发现人生天地宽阔，绚丽多彩，可追求目标很多，就会减去很多的累，就会对人生的意义多一份新的理解和体验。人如此，社会亦然。

人生要得到什么需努力，要放弃什么需大智；得到有时易，放弃为最难。不只是要放弃不情愿的，更要放弃钟情的。人生之大累不在得多少，而在得到以后放弃不了。压倒骆驼的绝非是最后那棵稻草，而是这棵稻草加上前的重负没有及时放下。好好修心，学会放弃，在前行的路上和生活中你就会轻松许多，快活许多。

人生做加法容易做减法难，那么多奋斗、拼搏、争先，都为做加法，使已得之更多更好，这无可厚非，无此社会难以进步，个人命运难以改变。问题在于大多数人很少想到做减法，该舍弃的舍弃不了，包袱越来越重，心理越来越沉。做好减法，得到会更多，身心都会得到解脱。

你对人多一分体谅，自己则多一些轻松，如此推之：多一分尊重，则多一些温暖；多一分宽容，则多一些舒畅；多一分关爱，则多一些收获；多一分信赖，则多一些宁静；多一分厚道，则多一些好运；多一分仁义，则多一分心安；多一分给予，则多一些幸福。设身处地地为他人着想的人，自身定是愉悦而最少遗憾的！

对精神层面的追求比对金钱财富的追求还要难，需有内在的善良和悟性，需有充分的理性和理智，需一点一滴地积累和养成，需持之已久的追求和努力。让人忧虑的是现时功利化世俗化氛围太浓，注重于此之人之力都太少了！

在这个开放竞争的潮流中，我们确实有点走得太快太远，以至于不少人忘记了为什么出发，整日陷于浮躁焦虑之中，不知向何方前行。生命生活不当如此，完全可以从容自在一些，感受自然，感受快乐。放慢一下脚步，放低一点身段，放下一些欲望，你的感受就是另一个世界，就会惊呼生活还可以这样轻松和美好！

人在旅途，当是敬圣人，拜先人，崇贤人，亲亲人，爱家人，学哲人，近好人，助友人，怜穷人，善众人；同时，鄙恶人，疏贵人，远小人，藐富人，警谀人，离俗人，轻庸人，躲混人，去狂人，抑妄人，如是你就是贵族般的高尚高贵之人。虽难做到做好，但应知向此目标努力。

生活中的不少烦恼是盲目追求和攀比带来的，其背后是文化的虚无、心理的虚荣。崇尚简约节俭实用，在现代国家正在成为一种时尚；求名追高、奢侈豪华被不少国人视为身份地位品格的象征，实为不成熟不自信缺文化少品位的表现。淡然一些，平实一些，简单一些，心理和生活都会更轻松，幸福指数会更高。

不少人的思维里，往往自觉不自觉地把自己当作正确本身，当作标准、美德乃至真理，以自己的标准和好恶看待和衡量他人与事物，非常自然地要求、苛责甚而打击他人，许多问题也就自然出来了。实际上每个人都十分有限，再好的品德再正确的道理都只能是一个方面，善意的豁达、包容对每个人都是极为重要的。

多发现别人的优点，你的能力和胸怀就得到更多表现；多看到别人的美德，你的聪明和善良就得到更有力的证实；多给他人面子，你的面子就会越多越大；别人都有路走，你的路就会更宽更实。爱及、善待他人的人，是最大的获益者，而这一切都在无意无形之中。

人人生而平等，人之尊严是人区别于其他生命最重要的东西，不能代替，不可侵犯，不容践踏。保护人的尊严是国家最重要的职能，捍卫自身尊严是人最重要的权利，尊重他人尊严，是人最重要的品行。有尊严的社会有尊严的人，是千百年来人们孜孜追求的理想和目标，人无尊严枉为人。

自信是人之内在修养、气质、品格、理性、担当的外在表现，亦是国家、社会整体水平的折射，看到现代发达国家那个人的自信度，从没认为只是个人形象，都与国家地位、实力相连在一起。傲慢、张扬、大声、挥拳和强词夺理绝非自信，而是内心虚弱和无知的反映。人、民族、国家有自信，才更有尊严更有希望。

自尊而不自傲，自信而不自大，自主而不自负，自强而不自封，自得而不自私，自由而不自性，自爱而不自恋，自律而不自闭，自省而不自贱，自责而不自弃。为人当如此也！

每个人都不可代替，每个人都渺小有限，谦卑恭敬，平等待人，尊重他人，是人之应具的基本秉性，是保持人格、赢得尊重、体面生活的基本前提。尊人者自尊，爱人者及身，助人者人助。傲慢、固执、狂妄只能使你离群体越来越远，路越走越窄。

许多美好的景色，在忙碌中错过了；许多快乐的时光，在忙碌中耽搁了；许多宝贵的情谊，在忙碌中忽视了；许多人生的本意，在忙碌中忘记了！忙碌最大的收获往往是身疲心累。从容、自在、淡定、神闲，体验和感受的就是另一个世界！

人有羞耻文化、罪恶意识、忏悔心理，如同头上悬剑，就会知道大小，保持谦卑，时时有畏，在冲击良知底线事项上一般不至于走得太远，走远了也可能回过头来。没有此就可怕了，无所畏惧，没有底线，任何不可思议的事情都可能不可思议地发生。这当就是信仰使然。

苦累无法丢弃，失败难以避免，孤独难以消除，但对这些的感觉、理解和认知皆取决于心，心有多大，天有多阔，多给心一些营养、激励、温暖、自信，就有不竭的动力、无限的希望，就能舍弃重负、扬帆远航！

何谓“成熟”，当是经历人生风雨的老练，走过工作之路的厚实，跳出世俗繁华的淡定，抛去无聊纷争的坦然，面对是非曲直的沉着，期望未来前景的从容！

追求完美是一种工作态度、敬业意识、生活方式，包容残缺是一种精神境界、信仰取向、修养修行。以追求完美对待工作和事业，创最好的业绩；以包容残缺为人处世，修美好的人生。

待人，能忍则忍，能容则容，能近则近，能交则交，能亲则亲，皆不能，则速远之；处人，宽以待人，善以交人，有利惠人，得理让人，有失护人，做不到，则人远矣。

完美往往与痛苦相伴，十全十美的东西不存在，得了金马驹还想要它娘是不可能的，所有的好事不会都向你聚集，完全不必要事事叫真计较，更无须明察秋毫，如非要那样等于自寻痛苦和烦恼。万事皆有自身运行轨迹，粗线条一些，该糊涂时糊涂一点，你的心境会更轻松，生命生活的天空会更广阔！

在一定程度上，放弃多少决定着得到多少，同理，得到多少得准备着放弃多少；得到凭机遇靠努力，放弃需智慧看胸襟；得到不一定觉得可贵，放弃方知得之不易；上苍对每个人大体上是公平的，此处得，彼处失，反之亦然，最后得失基本相当，至多三代就平起来了。人啊，真不用太在乎失得，随运就好！

对人生一些基本道理和常识，人们怎么就往往忽视和忘却呢？看来世俗的力量与人的欲望不少时候会遮掩一切，钻进牛角尖出不来的并非少数人。身处世俗，不为世俗所困；欲望在身，不为欲望所绊，平衡有度，清醒有节，应是一种境界，达到并非易事。要真正保持豁达、坦然、平和，需长久修行修心。

谦卑理念国人少也，在智者则是一种生活、为人和处世方式。张扬、显摆、作势、炫耀是教养修养缺失和内心空虚的外在表现，也是与人处不好、事情做不好的重要原因。如是路会越走越窄，反之前面就会是开阔大道。谦卑、修养不是装出来的，需靠长期修炼、自省和积淀。

少慵懒，多勤勉；少睡觉，多读书；少玩耍，多淘网；少无聊，多交流；少大话，多干活；少安逸，多历练；少思利，多求知；少浮躁，多平实；少冷漠，多热情；少用计，多用心；少躁动，多冷静；少盲目，多理性；少装腔，多纯朴；少高调，多内敛；少狂妄，多敬畏，一步一步地把自己修炼成个好人吧！

现人多说敬畏，实则最重要的有三：一则敬畏父母，他们给了你生命，能来到世间走一遭；二则敬畏天地，它给了你空间，价值得以体现；三则敬畏法度，它给了你自由，生命有了尊严。

人生在世谁也免不了受委屈，对一般的委屈淡然处之也确应。但委屈不是社会和人的托辞与挡箭牌。成熟的社会和有教养修养理性的人不应当给他人以委屈，或是把委屈压到最少，给予人的应是尊严和尊重；人来世上不是为了承受委屈，自尊自重自立方是正道。社会与人都讲尊重、包容，每个人的委屈就会最少。

人只是世界的匆匆过客，在世界上可算是一个可以忽略不计的存在，人是借世界一角一时度过自己一生一世，较之永恒世界如同太空中流星一般，闪出一道光亮即消失无踪。人不可能拥有和掌控世界，更不可能为所欲为，保持敬畏尊崇，善待世间一切，世界才可永续借予，人才有落脚生存之地。

没有用的东西就当及时放下，累积多了，既压自己，亦易伤他人。拿得起靠能力和水平，放得下靠智慧和胸襟。自己有不快放不下，拿他人出气，是无能缺智的表现。骆驼被压倒，不是因最后那棵稻草，而是这之前那些负担没放下来。说人的生活90%是自己对待的，真是对！人生的主动权在自己手中，就看是否把握得好。

人先天差别就很大，后天环境更不同，大部分人上不了大学。能参加考试者99%的冲一回就行了，该退则退，该放弃就要放弃，这并非失败，人各有志，人各有路，适合干啥愿干啥就干点啥，快乐充实就好。以不可及精英为标杆往往会误导自己，靠远大理想来导引会偏离人生。

俭朴、高尚、谦卑，是人生的一种境界，也当是一种生活方式。达此水准需要知识理念做支撑，需人性理智来养成，需修行修心来持久。追求知识、财富，在社会有所作为，目的和外在表现不是奢华、恃强、傲慢和张扬，而是价值的实现、责任的表达、尊严的满足、内心的淡定。这样的人越多标志社会越成熟。

压倒骆驼的不是最后那根稻草，而是之前的那些稻草没及时清除和放下，负担太重，前进和梦想就成了泡影。人是充满欲望的动物，但有理智，其精明和智慧之处在于能控制欲望，懂得何时放下和抛弃，及时减负减压，将主动权掌握在自己手中。心态淡然，一身轻松，才会愉悦快步前行，目标和梦想才有实现的可能。

人生路途，当有作为，唯有定好方向，找准路径，踏实工作，持续努力，不轻易放弃，方可得到正果。但前进途中，情况定有多变，及时校正方向，该放弃的舍得放弃也十分重要，是一种理性和智慧，放弃并非即失败，失败也可重新上路，有目标、有信心、有毅力就有希望。坚守与固执完全不同，无知加固执会导致崩盘。

人不能与现实为敌，亦不能逃避和超越现实，任何事都有自己的发展轨迹，人能做的只能是老老实实承认和面对现实，以好的心态和积极精神做好自己的事。现实势也，因势而变，顺势而为，你就能获得最大的自由。

人生路上，会遇到各类事情，受到多种因素影响，有一个健康的心理，就会保持定力和平衡，既不会因幸运光临而忘乎所以，也不会为一时失意而沮丧无比，平静平和处事，始终如一向既定目标进发。健康心理需靠信仰浸润、知识浇灌、点滴修炼、自省自悟。

开朗、豁达、超逸，既是性格和心胸，也是气质和修养，可使人生路上的不悦快速化解，逆境造成的烦懑尽早消除，愉快生活，轻松前行。拿得起，放得下；担得了，想得开；不背包袱走路，不带烦恼上床，都是这一境界通俗明了的表达。

无论何位何职何能之人，思想、情绪都免不了波动，出现些消极想法也正常。但理性、明智之人会把波动和消极及时掌控住，不使之蔓延扩大而影响前行。实际上人生之路就是一个不断调整修正的过程，避免因负面东西影响致使心智荒漠而大起大落，一直向前，即使达到终点时没完全实现目标，也是幸运和最好。

人生所谓的“忍”就是讲内修，不逾矩，少冲动，多自律，在人性和理性范围内是对的、必要的。但讲过头、讲太多了，就有违人性了。尤人为地设置太多的禁线，不能说不敢行，就等于给自身套上无形的枷锁，就太痛苦了。人生苦短，生活百味，还是洒脱一些为好。不然无法理解现代社会把自由作为最高的追求目标。

人与人的差别是天生和永恒存在的，需要的是正确的比。看己不如人之处，知己之不足，明努力之向；看己胜人之处，增己之自信，知助人之责。如老以己之弱之劣比人之强之优，就没法存于世了。上苍让你现于世，每个人都有存在的理由，都不可代替。平等、自尊、自信、坦然，应是人生的基本选择。

所谓“感恩”，即是对上苍心存敬畏，对他人心有敬重，对自己心怀谦卑，知晓自己的位置，来自何方，如何长成，将向何处。知感恩者常受他人之恩，内心永远充满阳光，路就在脚下。无感恩之情之心的人，其内心是荒芜和冷漠的，是无法立于世的。

人生路上，会受到各种因素的影响和制约。明智之人，会定期放慢一下脚步，平静一下心态，回头做些反思，倾听他人的声音，放眼前行的目标，及时调整和矫正方向与力点。如此，步伐会更稳更实，人生会更顺更好。

人生之路如同天气过程，冷暖风雨皆会至，酸甜苦辣都得尝，关键是得有良好的心态，保持理智，不失理性，把握自我。顺境而不忘乎所以，逆境而不自暴自弃，心有定力而不惑，脚踏实地而不偏。如此你面前的路才会一步步向前延伸，头顶才会有蓝天伴随。

日本学者渡边淳一提出了“钝感力”的概念，主旨是：人生需要迟钝一点，从身体到心灵都应如此；人际关系方面，最为重要的就是钝感力；这样的人更能抗压，更可长寿，也更有机会获得幸福快乐的人生。他说，一个人谨小慎微、特别敏感，凡事看得过重的自寻烦恼的时代应该宣告结束了。这真是很有见地的思想和理念。

名利之心，人皆有之。名不正，言不顺，名不扬，言难畅；利不至，难生计，利不大，难济人。名利名利，人之所系，社会动力。君子求名，得之于能，君子谋利，取之有道。名利与道德并非不容，可统一于君子风范之下。将现代人之名利观规范于道德之中，外取决于法治制度制约，内取决于人心之修炼和自省。

单个人在人类中极为渺小，人类在大千世界中极为渺小，人类进化史在地球演化史中极为渺小，地球在宇宙中极为渺小，小到简直可以忽略不计，宇宙之外是无限。每个人、每代人以至于人类，对世界、对历史的认知都只是一条线、一个面、一个点。上天的存在，最重要就是告诫人类时刻知道你是谁、处何位，保持敬畏。

实际上观察人、识别人没有什么神秘的、玄乎的，只要没有私欲，保持中立和公正，没有大的偏见，不光是听说什么，更看做什么，尤其看在人生几个大的关口的情态，看一些具体事是怎样对待和处理的，凭直观就可得出基本的结论。“一见钟情”一语实际用于识人更合适一些。

每晚饭后上山下山散步50分钟，深感上山长来下山短，上山慢来下山快，上山难来下山易。人生亦如此，搏时长来闲逸短，进步慢来退步快，高尚难来堕落易。胸中无目标，心中无定力，脚不踏实地，永远也走不到山顶，山那边的瑰丽风景就既不可望也不可即。

人生每个阶段有每个阶段的风光，每个阶段的挑战，每个阶段的责任，欣赏每个阶段的风光，应对每个阶段的挑战，尽到每个阶段的责任，就是充实美好的人生。过分钟情走过的路，留恋过去的风光，在意做过的事，看重未来的期待，就是作茧自缚，自残人生，留下的只会是烦闷、无奈、痛楚和遗憾。

多与以前的自己比，多与不如自己的人比，多与一线员工比，心态就会平和许多，满足度就能提高许多。有句俗语，货比货得扔，人比人得死，是告诫人不可老与好的高的比。向往好的高的没错，但盲目去攀比，就会使人处于浮躁、烦恼和焦虑之中，而忘了人生和生活的本意。自满者悦，自足者乐。

恩怨这东西在国人意识、文化、生活中占的分量太重，其实许多的恩怨就是一句话、一件事、一个纠结、一场误会、一笔生意、一次对争，结果成为包袱，越背越重，一背多少年，甚至一代人几代人，心累身累，误了人生多少好事情。深思之，面对历史长河、大千世界，这算得了什么？何苦呢？自我救赎，轻松上路！

人大都想自己的事多，想别人的事少；想好事多，想孬事少；想得到的多，想舍去的少。实际中往往是，想别人的事多些，自己的事会更顺些；想孬事多些，好事会更好；想舍去的多些，得到的会更多。多为别人想，多虑有何忧，多想舍得了，人生的天地会更阔，路子会更宽！

在生活中还真得学会拒绝，要知道你的能力精力有限，你能够负责承担的有限，你还有许多重要的事要做，你的生活也要有序有趣，没有必要包揽那么多，不会拒绝就会使许多无谓的烦恼伴随你，让你身心俱疲，甚至使朋友躲避远离。学会拒绝，你就会从容自在轻松很多，更好地体验生活的本意所在！

心是人生的发动机，人生要前行、要多彩、要收获，先把心发动起来；人生要平和、要舒畅、要纯净，先把心给安顿好。万物备于心，万事定于心，把握好心，你就把握了人生最大的智慧，就会一直站在人生的制高点上。

挺得起腰，低得下头，该转弯时得转弯，当回头时应回头，人生不只一条路，生活不就一个理，思变路会更多更宽。一个胡同走到底，抓住死理不撒手，就会碰得头破血流，再想前行难上难。过去讲树挪死人挪活，如今树挪也活得了，人挪活得更好，挪乃变也，变激发生机和活力。顺势而变，人生大智慧也！

权力最难管好，名利最难淡泊，秉性最难改变，情感最难控制，心境最难安静。人生之累多是因此，高尚与低俗、理性与冲动、文明与蛮横、进步与落后在其间摩擦博弈，难解难分，多少人轻松自在，多少人头破血流，造就了多彩的生活。人生啊，在矛盾的世界中延续着。明白此理就是前进一大步了！

人生之路，如同电脑要正常运行必须不断删除垃圾文件和错误信息一样，只有及时果断删掉那些不切实际的目标和欲望，删掉让你负重而消弭意志的无聊和烦恼，才会腾出更多的空间接受新鲜事物，容纳新的知识，感知多彩生活，才能使旅途更加充实、从容和自在。

一小小盆花放在桌前几年了，变化不大。两月前突想给换了一个稍大的盆，不料长势日旺，枝叶皆茂，还开出清香白花，让人欣喜。思之，人亦如此啊，人人皆可为，有多大平台多大空间就能做多大事业，关键是平台和空间不能靠他人赐予，而是要靠在上苍指引下自己去争取，社会得给每个人提供平等的条件和机遇！

活好自己，走自己的路，多以己之长比人之短，以己之优比人之劣，以己之得比人之失，胜于人处不自傲，不如人处不自馁；自己好亦要他人好，自己孬而望他人好，他人好自己会更好，他人孬自己也难好；有好与人分享，有忧尽力多担；人生本来一场戏，太多计较实无意，人人相融走到底，方为生命之真谛！

心境的平静，性情的平淡，步履的从容，名利的淡泊，生活的简单，人格的坚守，会使你消去许多无谓的浮躁、无名的烦恼，脚踏实地，超然物外，感受大自然的出神入化，感受人生的自在快乐！

人生没有目标，真的不可怕。哈佛大学学生10%短期目标清晰，只有3%长期目标清晰，余者为无目标和目标模糊，与整体人的状况大体一致。由此，才使人分出层次，功能互惠互补，构成了多彩完整的生活和世界。人的目标上苍决定70%，其余30%能真正把握住的只有少数精英，他者能按上苍指引踏实前行就很好了。

对什么是事业，不同层面的人有不同的解读和认定，当大官、做企业家、成科学家，只是少数精英的事，要成为老子、孔子式的人物等更是可望而不可及。就大多数人来说，踏实做事，做自己喜欢的事，充实自己，快乐生活，撑起家庭，生儿育女，有助他人，有益社会，即是成就事业，成功人生。把事业、成功说玄了就是对人生的误导！

人生本来就不存在什么后悔的。年老更应超然物外，动静自如，平和安然，享受人生，还在后悔年轻时的所作所为，本身就是自身不成熟的表现，是意识落后、心理扭曲的反应！这一代人因历史、教育等原因造就的特殊心境和思维，下一代人不会了。

良好的人际关系是人自立于世、自信处事、提升自身、融入社会的重要条件和环境。一个健全的人，应该是一个阳光、理性、包容、仁厚、平和的人，如此就会有良好的人际关系，你与人善，善会及身；你助人，人会助你；你容人，人会更容，前行天地就会更加广阔，人生之路将是异彩纷呈！

人鲜见自知之明，历来多是识人容易识己难，正人容易正己难。多责己之心，多察己之行，多思己之非，多看人之长，多谅人之难，多容人之过，就能给自己一个准确适当的定位，也会有一个友善宽松良好的人际关系，人生之路就会有更多的朋友、成就、喜悦和快乐伴随。

正确认知他人是自身进步的要件，善于化他人经验为财富，从他人教训找不足，会使自己更快些聪明和成熟起来，人生旅途上就会少走些弯路，少做些无用的功，成功的机遇会更多地展现在面前。

年轻时的无畏、坚毅、执著甚而固执、冒险，正是人生中最美的风景、最富激情的冲动，由此奠定了根基，播撒了希望，催发了事业，成就了未来。不论有多少幼稚、盲目甚至失误，到人生回首之时，感受的都是充实、自豪和满足。至于遗憾、自责就待来生吧！

背负得太多，过于要强，什么都想得到，什么都放不下，什么都追求完美，就造成了人生的累，身累心更累。平和心态、控制欲望、懂得舍弃、接受残缺，就会轻松从容自在许多，就会体验到生活的美好和快乐。常言是最后那棵稻草压垮了骆驼，实则是因加稻草前骆驼身上的负重没有卸下。现代人减负尤为重要。

不情愿的话得说，不情愿的笑得笑，不情愿的礼得送，不情愿的事得做，山无常态，水无定形，人生百味，充满着酸甜苦辣，沟沟坎坎，哪有都顺意情愿的事。情愿与不情愿或者半情愿，奏成了人生的交响曲，描绘了世间五彩图。你就认命明道、平心静气，顺着自然和人生的逻辑前行吧！

前几年经常到孤儿院、福利院、医院等地方去，去一次感慨一次，去一次洗礼一次，去一次心态平和一次，有什么不平、怨气，一看到那些孤儿、残疾人、重病人，就全没了，功名利禄就淡泊了许多，感到自己真是幸运，上苍恩赐已是够多，比比他们真是应知足心静了。人的一生，实际上时刻最需救赎的正是自己！

能助人也是幸福，有人可助是机遇，有人受助是快乐，助人者必被人助。人再能，也不可能不需人助；人再弱，也不致不能助人，人人相依相靠、相扶相助，方是人生本意，世间正道。

本源上，人与人之间没那么复杂，不用那些心计；看复杂想复杂了，一系列问题就出来了，厚黑学、人生学、心计学等也应运而生，使人一生中不知多少时间在揣摩他人，运作自己，于进退、上下、难易中定取舍，做无用功。社会、人人、自身，还是阳光、开放、透明为好，大家都轻松自在。

每个人的奋斗只是人生的一段，对大千世界而言十分有限，沧海一粟，谁也不能把好事都做完，谁也不应追求圆满。奋斗之后，就会感到疲倦劳累，此刻明智在于，当停则停，当息则息，当品茶时品茶，当赏乐时赏乐，与大地同步，与时代共进，感受新知，享受生活。如此人生就会从容自在，展现出新的风采！

忙是人生之常态，是生活过程，有忙是福分，会忙是聪明，空忙是无知，瞎忙是痛苦，知道何时该忙是悟性，忙在点子上是智慧，忙而不乱是超脱，忙里偷闲是潇洒。对忙有了理性的认知和把握，国人就不至于天天都在忙，时时那么累，就会有更多的自在、舒心、快活来陪伴，轻松迎来每天的朝阳！

人之天赋、智力、经历不同，很多东西可望不可即，是学不了、办不好、达不到的。但人应明高人高知高招在何处，让自己心存敬畏，识得标杆，以他人为范，汲他人之智，知向何方努力，晓世情大势，少走弯路，有所作为。如此，会让人在前行路上更主动一些，更超脱一些，最大程度上实现人生价值。

人与人之间的关系是世间最重要的关系，人性人心相通相融，别把人与人之间看得那么复杂诡异和难以琢磨，尽力去掉自负、傲慢、固执、狭隘、阴暗、小气、计较、自闭、争强，多一些简单、善意、爱心、真诚、沟通、透明、大度、宽容、谅解，有什么处不好呢？人生苦短，自爱最要，相伴的应是阳光和蓝天！

争强好胜，实质是虚荣心表现欲太强的标志，是心理不健全的反映，越争强越好胜就自然不自然地把自己拴在无序竞争的战车上，累人更累己，累身更累心。少些虚荣之心，少些争强好胜之心，谦逊待人，平心处事，完善自己，面前就会是春风、笑容、快乐和幸福！

任何人的生存和发展，都离不开他人的相助相扶，即是没有直接的工作往来，也有气场在那里。人能走到一起，既是一种天赐缘分，也是人生所需所求，且人生苦短，理当善待善处，化除纠葛纷争，变缘分为情谊，把事情做好，把人生之路走好。多少人生纠葛，过后回首看之思之，几人不引以为笑？

人生谁也免不了有难事，有困扰，有烦恼，不要设想都会一下子解决，都会轻易摆脱，都会立马清理。需要的是适时调整心态，把握自己，理智面对。后退一步，一时的逃避也许就是好的选择，摆脱尘嚣，享受孤独，与心对话，冷静自省，或许就会有最佳的办法和出路。人最兴奋和最激愤时都容易做出最蠢的举动。

人人相处，多些设身处地，多些换位思考，多些理解体谅，就会有更多的包容，以包容之心对待他人，自己也会得到升华，前行的路会更宽更广。

假话很难一点不说，但决不可说伤人害人的假话；真话有时确很难说，但决不能放弃说真话的良知。假话易说，但非长远之计；真话难说，但乃立身之本。假话谋小惠，真话受大益。人生整体而论，最后信得过、靠得住、赢得了的，还是真诚真情和真话。

学习成为爱好，事业成为追求，工作成为兴趣，生活成为快乐，人生就会有不竭的动力和激情，就会精彩不断，离成功就不远了！

多与他人比较，看到自己的差距，有助励志奋进；多听他人意见，汲取他人的营养，有助矫正方向。但如离开自身实际盲目攀比他人，过于在意他人的看法和意见，就会心神无主，忘掉自我，失去定力，难以成事。知道自身潜能并将其发挥最大，真实快乐生活，就是一个人的最聪明之处和最大价值所在。

人与人的交往相处，多一些真诚厚道，多一些信任善意，多一些豁达糊涂，多一些有益推断；少一点敏感狭隘，少一点警觉猜忌，少一点计较精明，少一点反向联想，就会去除许多莫名的烦恼、无谓的焦虑，更多地感受同事的情感、朋友的温暖、亲人的爱心、生活的快乐，人生路上就会更加自在从容！

学会欣赏是一种修养，是一种境界，是进步的阶梯、前行的动力，欣赏着别人，提高着自己！

工作中不论有什么问题，多反省自身，多担些责任，多点自以为非，对他人尽量少些指责埋怨，多些将心比心，多些宽容理解，既有助问题的解决，也利于得到他人的信任，以后的工作境遇会更加天高地阔。

在纷扰中保持恬静，在华丽中保持淡泊，在竞争中保持从容，在欲流中保持优雅，在逐利中保持宽厚，在奋进中保持洒脱，造就心灵与人生自在、高贵、绚丽的风景。

人多累在名上，伤在利上，毁在气上，表现在无谓无度的“争”字上。年轻时气盛，不知深浅，不明险恶，时而争强好胜，做了不少无用的功。中年之后眼睛一亮，豁然开朗，实感看开一点、淡然一点、大度一点、少争一点，内心就是光明一片，脚下就是宽阔大道，就会发现人生可以如此轻松自在！

自己发亮，前提是他人更亮；自己有利，前提是他人更有利；自己活得好，前提是他人活得更好，把自己的幸福快乐置于他人的幸福快乐之下，才能更加安心、更加踏实。

地球对于茫茫宇宙只是沧海一粟，人类对于大千世界只是匆匆过客，每人对于生生不息人类只是一颗流星，人生对于历史长河只是南柯一梦，一生不过是一条路，无高无低，无贵无贱，无得无失，走过就是了！把人生看得重而又重，多属自寻烦恼或自投罗网；说得玄而又玄，多属自恋自慰或卖弄唬人。

人当是善待自己，定心定气定力，接天接地接缘，给生命留一份珍惜，给心灵留一份空间，给生活留一份从容，给思想留一份自由，给他人留一份宽容，给天地留一份敬畏，真诚、谦卑、自尊、随情、淳厚、豁达，脚踏大地，微笑向前，成就多彩、充实而不悔的人生！

自明让人定心，自信让人定力，自悟让人有礼，自立让人前行，自励让人坚守，自省让人正向，自闭让人孤独，自负让人垮塌。与自己心灵对话，不断反省自我，求得内心平和，是人一生的修行。

人们平时说的面子，实际包含两重意思：一重是尊严，自信自立自爱；一重是虚荣，重名重位重利。尊严是灵魂是形象，比金钱还重要；虚荣是心结是负担，让人身心俱累。健全的人当是保持尊严而不失人格，丢掉虚荣而自在从容。

对自身不拥有记不住的当然不应有奢望，实际上对拥有的有些也当逐步忘记和舍弃，记住的有些也当逐步消解和抛下，承载不动的更当果断及时予以切割。这都是为在人生路上一直轻松前行，从容自在。

人的成熟离不开应具的年龄段，但进入成年后，成熟度愈来愈与知识、经历、眼界、悟性密切相关，年龄的分量在减退。时代发展太快，年龄增长了，若不注重学习和修炼，自觉接受新的理念和知识，开阔新的视野，就会与时代渐行渐远，甚而幼稚了。

学会商量，学会让步，学会尊重，学会友善，学会制怒，学会控欲，心底就会更加坦荡从容，去除不必要的烦恼，把握人生的主动，前行之路就会更加宽广。

处于浮躁逐流的社会之中，需要的是减少一些欲望，放弃一些追求，放慢一下脚步，调整一下心态，养一些静气，增一份平和，多一点从容。如是，对生活生命的本意和真谛，就会有更好更多的感悟和体会。

人生之路，布着沟沟坎坎，有着许多不确定的因素，唯有定心定力，理智自信，坚忍不拔，直面痛苦、挫折、困境，正确反思、检讨、修炼，方能不断进步、提升，实现跨越，成就人生。

人多是对已拥有的不知珍惜，对将失去的不愿放弃，使身心俱疲的则是身心外之物。悟透看开，超然物外，懂得珍惜，舍得放弃，回归的就是一个真实、本色的自我，人生就会是一路春风和阳光。

妥协、释怀、宽容、隐忍、简单、换位，是理性理智的内涵，是人达到成熟的标志，是自信、智慧、坚守的表现。如此，你就会超凡脱俗，超然物外，超越自我，面对的就是一个大不同的世界，人生就会更加瑰丽多彩！

把握好人生中的“度”，要靠悟性靠修炼靠自律，即内力；亦要靠监督靠制衡靠他律，即外力。人人都非圣人，人性中恶的一面张力很大，无外力的作用再强的内力也难把事情都控制在度上。私事、小事主要靠内力来把握度，公事、大事当更多靠外力来控制度。前者的度多关乎生活，后者的度多关乎命运。

失败是人生的常态，是一种历练，一种积累，一种提升，失败让人清醒，让人超脱，让人后发。没有失败就没有成功，每个人都是在战胜、超越失败中进步的。关键的是要以足够的心力和智慧正视和面对失败，做到败而不馁不衰，败而坚守，败而更奋，败中求进，做到了就前景广阔，迎接你的就是喜悦和成功。

不必为一时之得而忘形，不必为一时之失而沮丧，得到的不会永随，失去的一朝会来。上苍所定，得失都难躲避，顺其自然，顺势而为，随遇而安，可得永年！

人生之路，宝贵而短暂，都祈盼好一点顺一些，最好不要出现失败、磨难、伤痛、挫折等，更不要在一人身上多次出现或几个要素一起出现，国家和社会有责任为每个人创造安全、公平、良好的成长、生活和工作环境。但这些又是难以完全避免的，遇到了，就只能是以勇气和理智正视和面对，将负能量降到最低。

让他人得到，自己才可能得到；让他人顺利，自己才可能顺利；让他人过得好，自己才可能过得好。多理解他人的人，才会被他人理解；多为他人着想的人，才会有他人为之着想；多为他人担当的人，才会有他人为之担当。只为自己，路会越走越窄；多为他人，路会越走越宽；与他人一起走路，会是一路阳光。

人之累多不在于得之少，而在于得之多，更在于得之后就不舍得放弃。放弃是一种胸怀，一种远见，一种修炼，一种定力，当放弃的时候放弃，换来的是轻松自在，人生路上就会走得更远。不知不懂放弃的人，一生都会在得失中挣扎。

人与人之间完全的心心相印、亲密无间是存在的，持续的交往、相处，尊重灵魂的神秘性，包容一定的隔膜，是最重要的前提和基点。

多少身边的美好被不屑、漠视、淡忘，直到兜了一大圈回来，才遗憾地惊呼怎么身边有如此多的美好！实际上，美好不必跋涉苦追，幸福远方并不确定，耕耘好脚下的土地，发现身边的美好，生活就会幸福自在、丰富多彩！

人生在世，难以达到的境界是看得开、拾得起、放得下、收得了，如此就会一路从容自在，豁达快乐。这当是源于慧心，发自理性。基点在于持久的修炼、养心、润智。

青壮年时，如没有了忙碌、奔波、疲惫，剩下的只会是散漫、无聊和堕落，所有的生活、幸福和快乐都失去了筋骨，人生则如同行尸走肉，国家也会失去希望。

正常欲望是前行的第一动力，过度欲望是前行的最大掣肘，控制好欲望，是人之最大智慧，也是希望所在。控制度决定着前行多远和达到的高度。

人的道德修养、为人处世、气度胸襟多在一些不经意的小事上表现出来。对一般人来说，整日面对的都是具体工作和琐碎生活，哪有那么多的大是大非。把大是大非及时化为小是小非或化为乌有，须有大的智慧和胸怀。老有大是大非出现或老是在大是大非上纠缠的国家、社会和人都不能说是正常的。

不愿吃苦出力者，难以有所进取；不想做好小事者，难以成就大事；不思为人服务者，难以被人敬重；不明人生价值者，难以融入天地。

人可以追求完美，但实际中很难达到。人无完人，事难圆满，过于追求完美，会给自己徒增无谓的负担，失去很多的乐趣，给他人的感觉也会不真实。你理当对自己严格，但没必要对他人和世事苛求太多。做人做事认真是对自己和他人负责，但为人处世还是要豁达、大度、宽容。人首先是为自己活着，快乐最重要。

人的性情、爱好、取向各有不同，不可能也不应该要求他人与自己一样，看人看主流看大节，如人品、态度、心地、责任心，这是不可缺失的，至于其他方面如是过度刻意以至苛求，那人与人之间就很难相处与共了。多欣赏他人的长处，多想他人的好处，最大限度地包容与自己不一致的地方，处世和生活之路会更宽广。

所谓“环境决定人”，最重要的是人文环境，近朱者赤近墨者黑。你想改变自己，就得与能改变你的人相处；你想提升自己，就得向高于自己的人看齐；你想做有教养、有气质的人，就要远离庸俗粗鄙之人；你想做阳光大气的人，就不可与阴暗心计之人为伍。要想做最好的自己，就得学习最好的他人。

就90％多的人来说，不要有什么远大理想、宏伟志向；不要设想如何出人头地、光宗耀祖，就是健康成长、学习进步、干点事业、有所成就，为自己和家人创造幸福，为社会创造财富，为他人带来温暖，为未来提供正能量，就是对国家和人民的贡献，就是实现了人生的价值。把人生说得玄而又玄，大多是一种误导！

必然寓于偶然之中，从偶然中看到必然，把握必然，是人最重要的智慧之一，决定着眼界和高度。如此，你在生活和事业中就能赢得主动，立于不败之地。

把自己最好的一面展示于人，把自身的潜能发挥得最大，把一件件具体的事做得最好，是获得成功的最佳途径。

人一般都是劝人容易己行难，教人之路千百条，轮到自己无道走。原因无非是利益关联不同，利益关联越紧密，关键时刻心智越低；承担后果的结局不同，需自己承担后果的抉择就非轻松言定了。因而劝人之时当将心比心，持重厚道，帮人以实；观他人之事当反躬自省，心增定力，明理正向。

年轻时的忙碌和奔波是生活、是机遇、是幸运，这会使自身激情、潜能和价值得到最大限度的展示和体现。现实的努力既图今日更为明天。没有忙碌和奔波，就没有社会的活力、生机和进步，就没有个人的幸福、快乐和希望，也没有年老时的意满、安逸和从容。趁着年轻，带着梦想，好好忙碌和奔波，无愧于上苍和人生！

“不识庐山真面目，只缘身在此山中。”人生亦如此，多少好友真情在眼前，多少美景妙趣在咫尺，只因太近而熟视无睹、不以为然、漠然置之，舍近求远、转来转去，方有所悟，原来最重要、最宝贵的往往就在身边。走好人生路，做好世上事，收获好心情，不妨先静下心、凝聚神、定好力，从处好身边人、赏好四周景开始！

自信而不自封，执著而不偏执，坚守而不迂腐，明了自身与外在的关系及变化，及时矫正走向与着力点，当进则进，当退则退，当弯则弯，是人生实现目标达到成功的智慧所在。守一棵树而不移，一条胡同走到底，九十折而不回，得到的多是沮丧、无奈与失败。

不少事情的进退、成毁往往在一念之差、一步之选，核心在内心自信、坚守、定力的程度。犹豫、彷徨、摇摆，反映的是心境的漠然、空虚，意志的羸弱、疲软，多少机遇由此而失。做好心功、养成定力、把握自己，是做好事情、走向成功的基点。

每个人都是自己的主人，自己首先要对自己负责，自己的发展要建立在自信自立自主的基础上。要对主体、客体及之间的关系有清晰正确的认知和把握，确立明确的前行目标，凝心聚力，持之以恒，既不人云亦云、随波逐流，又明察世情、与时俱进。善抓机遇、巧借外力、运筹资源，为其中的智慧。

人皆有私欲私心私利，有私而不可无度，有私而不可损人，有私而不可失德。多考虑他人的感受，多体谅他人的处境，多照顾他人的利益，对己之私之利看轻一点看淡一些，既是做人之德之风，也是自身发展的必备条件，更是对自己利益的最大维护。多少人不谙此道，任私欲无度膨胀，而往往毁之于一旦！

梦想是人之希望和动力所在，向上、健康的社会当是人人有梦想，为梦想去进取。梦想的实现要靠自我的奋斗，更要有好的气场，任何人都不会脱离环境和他人获得成功。更好地尊重他人，才会有好的奋斗氛围；更多地体谅他人，自身才能得到更多的支持；帮助他人实现梦想，自身的梦想才可能变为现实。

人在世间行，不平、不公、委屈、误解等事会经常遇到，如非涉原则和人格等，如每一件都当真、较劲，非得搞个清清楚楚，分个我高你低，那不仅会心累身累，而且还会四面树敌，更重要的是多少机遇会丢失，多少大事会耽搁。理性明智之人，选择的定是大度对之，宽怀忍耐，及时排解，防止得不偿失、因小失大。

人可以无知，但不可无耻；可以不贵，但不可下贱；可以不高尚，但不可卑鄙；可以不说真话，但不可说谗言；可以没有功名，但不可没有良知；可以不去助人，但不可损人伤人；可以不讲友情，但不可助纣为虐；可以自以为是，但不可视人为非；可以没有信仰，但不可没有敬畏；可以无视一切，但心中得有上苍。

聚集正能量，焕发正能量，涵养正能量，提升正能量；化解负能量，减低负能量，阻挡负能量，兑除负能量，让人生在平衡、均衡、持衡中前行、成就、升华！

哲学家张世英论客观性的两重含义：对于物也好、人也好，都既可以从自然科学的角度来对待和把握，也可以从人文科学的角度来对待和把握。人生是自然与人文两方面的统一整体，但人之为人，其主导在于超越自然物的方面。如果在人文社会领域片面强调求同，其结果不过是把人文科学归结为自然科学。因此，在人文领域中应注重把握事物和人生的个性与具体性，在不同而相通的哲学本体论基础上建立和而不同的和谐社会。他给了我们思考和观察问题的方法，即在自然科学领域更多注重同一性，在人文科学领域更多注重个性和具体性，如此对事物的客观性才能有科学的认识和把握。

老把自己当人物，他人就不会拿你当人物；太把自己当回事，社会就不会把你当回事。人要知道大小，知道肚子有多少墨水，吃了几碗干饭，有多大能耐，懂得山外有山，天外有天，从而摆正位置，有所敬畏，保持谦卑，尊重他人。如此你会获得更多的自由，得到更多的尊重，人生之路会越走越宽。

个人与国家、与社会、与家庭、与他人、与自然、与宗教、与自我的关系，是人一生都要面对的问题，是人的价值观、世界观、人生观的具体而全景的体现。在物欲横流、金钱至上、迷茫伴随的今日，如能逐渐厘清、摆正人之位置，寻求正确坐标，对人心灵的净化、对社会的进步都有着积极的意义。

利人方能利己，人行方有己路通；与人方便己才顺，助人成好己方好；只为己一事无成，堵人路己路必塞；损人事己必受损，害他人祸必及身。忙之不慌，闲之不纵；得之不狂，失之不愠；起之不颠，落之不颓；善意当先，情义为重；修身修心，淡雅从容。如此才是健全健康美好的人生！

环顾社会，极少有人因投机、损人、学坏、作恶而有所作为、成就大事、健康前行、圆满人生的，这倒非因果报应使然，而是上苍造就人时就定下的，不然人类何以为继？因而人还是要走大道、行正道、修正果，此乃人生最大的红利所在！

每个人一生都有幼稚、启蒙、成长、成熟和衰退几个阶段，其中夹带相伴着冲动、荒唐、迷茫、开化、理性等情态，多态往往混沌搅和在一起。只不过因每个人家庭背景不同和后天生活、环境、知识、经历、际遇的差异而长短程度不同、状态表现各异而已。人与人之间的差距远没有想象的那么大；完人圣人是没有的。

每个人都可能因人生某一期某一段某一时的上好表现或特别的际遇，为社会、他人所推崇而领先一步，出人头地，或成为典范。但面对大千世界，绝大多数人如同天空流星，真正能在社会和历史上留下痕迹的少之又少。谦卑待人、敬重典范、见贤思齐当成为每个人的美德，但每个人都有自己的位置，都是不可代替的。

每个人都不应因一时的辉煌、一路的成就、一生的顺达而无所敬畏，傲视、轻慢、作践他人；同样，每个人都不必因没有骄人的成就、没有自豪的名声、没有他人仰视的地位而失去自信，自矮身价、自贱人格、自卑于人，奉他人如神明。上苍对人最大的忠告就是，人生而平等，直至终老。

面对日新月异的世界，每个人的认识都十分有限，每个人的经验都只能适用一时。只有保持进取精神，不断更新已有的知识，才能跟上时代的脚步；不断探究新的问题，才能保持思想的活力；不断追踪新的事物，才能与人沟通交流。抱残守缺、自以为是、故步自封，就无法理解变化的世界和他人。

懒是人与生俱来最大的习性之一，人与人后天的差别，很大程度体现在勤与懒上，戒懒倡勤是大多数人最大的潜力所在。人的一生，如不懒很多事情就可能完全是另一个样子了。要有所进取，有所成就，先从抑懒戒懒开始吧！

人生百味，冷暖自知；世情万态，各有苦涩。有些假话是无奈，不必说破；有些敷衍是无意，不必较真；有些欺骗是无恶，不必动怒。多一份糊涂，多一点大度，多一些宽容，你就免除了许多的烦恼，平添了好多的自在，心田会更明亮，前行的天地会更宽广。

西方名人有一些有趣的“鸡蛋论”：一只坏鸡蛋的危害是一只好鸡蛋所无法弥补的；鸡蛋越多就越难孵出小鸡来；黑鸡下的是白蛋；不打破鸡蛋就煎不成蛋饼；炒熟的鸡蛋无法复原；聪明人不会把所有的鸡蛋都装在一只篮子里；借鸡生蛋往往是致富秘诀；今天的一只蛋胜于明天一只鸡；鸡蛋应该放在铁篮子里。这些话分别是查丹纳、托夫勒、纳尔金、罗伯斯比尔、摩根、塞万提斯、丹尼尔、福莱格、巴菲特这些大家说的，每句表达了一个哲理，大家去对照和感悟吧，或许能使你得到些有益的启迪！

敬重圣者，让你高贵；敬重贤者，让你修身；敬重仁者，让你慈爱；敬重智者，让你明理；敬重能者，让你奋发；敬重勇者，让你无惧；敬重勤者，让你有成；敬重弱者，让你心净；敬重他人，天清地明；不敬他人，自残人生。

人之一生，变幻在得失间，得失大致相当。大脑没有忘记和失去，新的记忆和知识很难融入，人把什么都抱住唯恐失去，就难以面对新的生活和天地。大多时候失去往往意味着得到，得到则意味着失去。常在牌桌玩，输与赢很难分得清；常在天地行，上坡下坡大体平衡。上苍对每个人都是公平的。

如同日升日落、潮起潮下、冬去春来一样，进与退统一在一个事物中，二者大体相当，有进即有退，退即预示进。

但人们往往只注重在进上用力，对退则多有忽略，以至于进则心花怒放，退则心沉谷底，人生许多不测由此发生。在人心人情浮躁有加的情态下，知退能退善退是一种更大的智慧。

给人一份信任，获得十分回报，符合人之天性，对绝大多数人适用，只是需从小从家庭、从学校浸润培养。

责任和担当与生俱来，与日俱增，是人之价值、意义的集中体现。有责任方有位置，敢担当方有作为。责任有大小，担当有高低，重要的在于有强烈的意识和宝贵的精神。舍弃责任是庸人，不敢担当是懦夫。无责任者不足与之为伍，少担当者不足与之同行。

能帮人是为乐，能助人是为善；帮的是他人，益的是自身；助的是他人，安的是自心。帮人重在帮人自强，助人重在助人自助；惠及于人而不显摆，恩施于人而不自傲；为人解难而不失尊重，替人担当而不求回报；强于人处不越俎代庖，高于人处不强人所难。

个人道德修行上的东西，与政治信念政治取向是两回事；与财富、地位甚至知识没有必然的联系，至少不是正比例关系；是渗透在骨子里，装是装不出来的；虽然很少能直接看得见、摸得着，但能随时感觉感受到。达到一定高度，要靠血脉、文化的传承，气场、环境的熏陶，自身的悟性和修炼。

自己的心自己定，自己的路自己走，自己的事自己作主，不在乎别人如何评说，不在乎四周有何影响，不出法度和道德的框架，你就会超然物外，与幸福融为一体，成就自在、从容、美满的人生！

多些将心比心，多些换位思考，多些已所不欲勿施于人，多些己之所欲亦不施于人，多些宽容包涵，对一些不理解、看不惯的问题就明了了，对一些怨天尤人的东西就放下了，对一些郁结于心的事情就释然了，眼界就会大开，心境就会一亮，原来世界、人、事情没那么多纠结，可以更简单、更清爽、更美好！

人在职场，不可能把每件事情都做好，不可能对每个人都好，不可能让每个人都满意。面对着各种因素的影响，懂得选择、学会拒绝即是人生的智慧，对做不了的事、担不了的责、承不了的情，勇于和善于说不。在任何时候，只能选择对职业对人生对良知有价值的事去做。不会拒绝就无法踏实前行，成就事业。

每个人都应明白，这个世界上的东西没有哪个就该属于你，也没有哪个不该属于你；没有哪个人欠着你，也不存在没你就转不动；圆满不存在，缺憾是常态，因不圆满而追求，因有缺憾而常在；得到的应予珍惜，失去的更当坦然；上苍在注视，良知在定力，心有敬畏在，一切随缘行！

个人在时间长河里只是一瞬，相对大千世界十分渺小，能做成的事可掌控的情很少。立足实地、找准位置、与缘同进、有所作为，对天对地对自己就是很好的交代，如此得到的会是快活和自在。不自量力，将自己估计过高，看得过重，欲壑难填，不知满足，最后相伴的往往多是烦恼与痛苦。

人与人之间的情感、关系也罢，信任、相融也罢，建立和维护难，损伤和毁坏易。百无禁忌、大大咧咧、粗粗拉拉，今天伤这个，明天伤那个，后天就会伤到自己，再想回到美好的过去就难了。在现代社会，人与人之间的相互尊重、悉心呵护，是全部生活的基础，比什么都重要！

有多大的容忍量，决定着你有多少朋友，有多大的发展空间和前行动力；有什么样的眼光，决定着你在社会和他人心中处于什么位置，有什么样的生存环境和发展质量。最大限度地容忍他人，最大限度地调佳眼光，以爱心善意待人处事，你就站到了道义的高点，就把握了人生的大部！

有身累方能创造财富，有心累方能思考问题；人当累时而不累，自身就不能提升，社会就不能进步；人不当累时还在累，既对不住自己，也会拖累他人和社会；身累最应注意的是适度适时，心累最要紧的是自我解脱；累些不可怕，怕的是累不在正途上，怕的是陷累中而不拔，怕的是心累大于身累。

人难得的是，有主见而不固执，有坚守而不偏激；能顺势而不盲从，能随情而不放任；明大道而不庸泛，明细微而不狭隘；勇担当而不莽撞，勇后退而不颓唐；知已长而不骄矜，知有过而不气馁；重操守而不远人，重情义而不粗俗。基础是修养修行，核心是度的把握，关键是心境定力。

不要让灰尘堆积，不要让不快停留，不要让往事占去太多的空间，及时腾空心灵，腾空头脑，让出空间，留出时间，吸收新的空气、新的营养、新的知识，不断刷新自己，如此方能有不衰的激情和不竭的动力，主动走入新的生活、新的天地，使人生演绎出一幕幕精彩之戏。

在报章杂志上做广告的钟表，时刻多指在 10 点 8 分 45 秒上，据说这是西方心理学家研究出来的，主要是它呈 V 字形，是胜利的象征；同时上扬有美学价值；形状似鸟展翅有奋发之感。实际上因这是人一天最好的时间，是精神与效率的巅峰。人生亦然，如把这一刻定为一天一生的标准，那还有什么事情做不好呢？

与莫言年龄差不多的人几乎都有差不多的人生，经历不断的大起大落，走过阵阵的惊悚恐惧，体验过不少的荒唐无奈，有着太多的酸甜苦辣；他的经历是一个时代的缩影。如每个人都能承受苦痛而反思，勇于忏悔而自省，对历史的认知就会有更多的清醒，对未来的走向就会有更多的担当，人性理性就会真正回归！

把工作作为一种修行，实在是一种高尚的境界，不只是为谋生，不只是为事业，更是为提升心灵、修炼精神，为学习他人的美德，为与社会和他人和谐相处，为融入自然。

如此审视和看待工作，工作的过程定会是充满愉悦和幸福，人生定会是那么充实和美好。只是这可得纯净的信仰和坚实的定力来支撑！

人们之间的真诚缺失、相互戒备，以及祸从口出、话到舌尖留半句、防人之心不可无等警语的泛化应用，固然有传统文化消极因素的影响，但确是多次政治运动尤其是“文革”使之达到了顶端，以致一些从那时过来的人提起还心有余悸，影响着现在的社会生活。修复这些创伤比发展科技和经济还要艰难和漫长。

我们有着太多的欲望、太多的目标，不停地奋斗，不断地追求，忙忙碌碌，风风火火，以至于忘记了留些时间给自己，留些自由给心灵，留些空间给信仰，付出了自己的心、自己的力、自己的神，生命生活的结果只是做给了他人看。正如有位哲人说的，走得太远了，忘记了为什么出发。找回自我，让心灵归位，是对人们的呼唤！

实际无论国事世情，还是日常生活；无论总统首相，还是平民百姓，生活化、娱乐化从来就占有很大的空间，只不过因事因时因人而呈不同的表现形态罢了，也由此使天地间多彩、真实、可依。走出传统思维，掀开神秘面纱，率性真情面对世间，国家、社会和每个人都会多一些淡定、轻松和自在。

人当追求的是，自信而不自大，执著而不固执，坚守而不傲慢，谦逊而不虚伪，直率而不鲁莽，随情而不忘形，豪爽而不盲动，热诚而不谄媚，朴实而不粗俗，周到而不迂腐，厚道而不木讷，高贵而不矫情，开放而不放纵，严谨而不呆板。这取决于人的教养、修养、理智、历练和定力。

冲动不等于激情，盲从不等于大胆，粗鲁不等于豪爽，固执不等于执著。人生的不少曲折、坎坷，往往不在于大方向的把握上，不在于知识能力上，不在于周围环境上，而在于一念的冲动上，一时的盲从上，一步的选择上。冷静、理性、思考、定力，是人生经历、经验、教训和智慧的沉淀和积累，时时不可或缺。

很多时候，人们都是以自己的视野和经验观察世事变化和生活百态，以自己所思所想和好恶揣摩评论他人的心理和言行，以社会的传统思维定势判定事情的曲直是非或得失，得出的结论往往与实际实情大相径庭。人的眼界、认识、经验极为有限，多一点自以为非，少一点自以为是，就可能离错误和偏见远一点。

不甘平庸、有为有位、创新超越、实现自我，最可靠的路径即是，流比别人更多的汗水，付出比别人更多的努力，尽比别人更多的责任，有比别人更多的担当。捷径可能有效于一时，但不可能持久；可能有效于某些人，但不适于全社会。公正的社会当使人人有平台，人人有机会，以自身的付出在社会平等展现风采。

人之气质是内涵、教养、定力的外在体现，与财富、地位、权力并无直接关联。这是一卷书，可以阅读；是个气场，可以感受；是杯美酒，可以品尝；是种修行，可以效仿。但要真正拥有，与自身和灵魂融为一体，则需经文明的浸润、知识的熏陶、心灵的净化、寒苦的历练！做个有气质的人，是人生追求的目标。

个人要在社会中体现自身价值，占有一席之位，勤勉、努力、奋发永远是第一位，没有什么可以代替，没有什么诺亚方舟，抱怨、懈怠、退却、颓废的结果只能是人生的不归。政府和社会的责任在于创造和提供平等的机会、公正的环境、良好的氛围，至于个人能不能抓住和利用好，就看努力和运气了！

人之成长发展，取决于自然逻辑与历史逻辑，前者为自身之天赋、智能和奋斗，后者为社会的环境、条件和机遇，两者都存在着很大的不确定性，任何人都可能超越自身，但任何人都不可能超越社会。社会和政府的作用在于把自然逻辑的不确定性降到最低，把社会逻辑的确定性达到最高，实现人的全面发展和进步。

人在世间再怎么高贵富有，也会受人之恩；再怎么卑微贫窘，也能施恩于人。受恩当知恩感恩，感恩是心的交流、爱的传递、情的延续、身的自强；施恩当助人自助自尊，施恩是心灵向往，是善德善行，不为所累，不求回报。人人懂得感恩，施恩会愈来愈众，爱的阳光就会温暖全社会。

偶得智者劝人省己的话：将生活看成苦海，你就有甜丝丝的感觉；将目标定为负数，说不准你会喜出望外。真若如此，多少烦恼、忧愁会云消雾散啊。可现实中人多是将生活看作天堂，将目标定为无度，于是就有了欲望无尽的追求，演绎出纷繁绚烂的故事。佛家当是看准了此点，才生发出那么多哲学来平衡社会与灵魂。

对自己多一些自以为非、少一些自以为是，多一些反躬自省、少一些好为人师；对他人多一些善意推断、少一些先入为主，多一些将心比心、少一些强加于人，人与人之间就会少去许多的猜忌、挑剔、指责，就会有更多的理解、包容、相融，人生就会变得更加从容、轻松和快乐。

自信是自主自立的基础，需靠理性、知识、修养、眼界、能力、执著做支撑，与行动、责任、担当相联系。自信不是封闭、固执、傲慢，越是自信的人，越应是善于学习、开放包容的人，越应是谦卑谨慎、低调处事的人。每个人的自信筑成了社会和国家的自信，社会和国家的自信为每个人的自信创造着展示的空间。

人在一定的阶段不论身和心都当累一些，累即是奋发、进取，唯此才能激发活力和潜能，实现自身价值，促进社会进步。但毕竟人不是为累而活着，人生应有更多的自在、从容和快乐。社会当为累提供更好更大的平台，也当为人生创造展示、宽松、友好的环境；人自身当自我满足、解脱、超然，实现生命的完美。

人是很具体的，对自身的把握更是受多种因素的影响和作用，呈现着复杂的情态。多是享受容易吃苦难，利己容易利人难，放任容易慎独难，张扬容易低调难，傲慢容易谦卑难，虚浮容易务实难，激愤容易理性难，责人容易责己难，上位容易下位难，等等。由此可知从一点一面、一事一时察人，就很难不失公允公正。

得到容易放弃难，从众容易选择难，立志容易坚守难，修身容易修心难，一时容易持久难。一个人在上苍及自然、社会里的位置，决定了他能成长和达到的高度。你的境界有多高，对人的认知、理解程度就有多高；你的心胸有多大，与人相容、善处的程度就有多大。

俗语说，“货比货得扔，人比人得死”，是告诫人不要离开自身的现实盲目地与他人攀比，这种攀比只能失去自信自尊，自寻烦恼。但人是社会动物，是在与他人相伴相处中成长生活的，注重学习、效行、借鉴他人，是激发活力动力，提升自身的捷径，也是人最大智慧之一。这即是正确的比，至于“见贤思齐”就更进一步了！

在茫茫大海，一个树干就是生命；在沙漠戈壁，一碗白水就是希望；在饥馑绝境，一块红薯就是力量；在黑暗深处，一丝光亮就是朗空；在跋涉长途，一句好语就是动力；在异国他乡，一声问候就是温暖。漫漫人生之路，什么都不可或缺，什么都不应漠视，珍惜、善待周围的一切，伴随你的就可能永远是天高海阔！

人皆有私欲、私心、私利，正当追求和满足，天经地义，无可厚非。但人追求和满足之私，首要当是有礼有道，不损人、伤人、害人，对得起天地良心；进一步就是有度有节，好事、好运、好利不可都拉向自身，自己过得好，亦要让他人过得去；再进一步即是有情有义，自己好亦要使他人好，尽可能爱护、关心和帮助他人。人是社会多种元素的集合体，谁也离不开谁，只有人与人之间正常相处，相扶相助，社会才有健康的常态，也是每个人最大的利好。不论何人，不论发展到何种程度，也不会到不需要与他人相处、不需要他人帮助的地步，而社会中的任何一个人，都可能就是那个“他人”！

不少人工作、处事、为人，最容易忽视或失误的，往往不是实际中最重要、最难做的那部分，而是最简单、最易做的那一块，如准时、整洁、友善、细心、微笑。这些与水平、知识、能力、志向关系不大，而与教养、修行、习惯、悟性密切相连。短板决定容量、细节决定成败，大致就体现于此。马失前蹄多不是在悬崖上。

人在社会生活，面对的是繁杂琐碎的现实，谁也不能离开地面，谁也不能脱离凡境，谁也不能完全免俗，但无论如何，人格的底线不可突破，精神的自由不可沦陷，心底的高贵不可堕落。你不能造福社会，但绝不能助纣为虐；不能拯救人于水火，但绝不能落井下石；不能昂起高贵的头颅，但绝不能泯灭心底的良知。

面对大千世界、历史长河，每个人的悟性、知识、眼界都极为有限。永远不要以为只有自己所想、所说、所为是对的，他人都应认可和遵循；也不要以为自己对的之外再就没有对的了；更不要以为对的只有一条路、一个模式、一种选择。条条大路通罗马、抓住老鼠就是好猫，告诉你的是一个目标多条路，世事真理非一条。

人自甘堕落是国家、民族、社会的堕落，人图自强是国家、民族、社会的自强。每个人都把自己当作人，社会才会把人当作人；每个人都挺得直，国家和民族才挺得直。每个人都行使权利，权力才不会出轨滥用；每个人都尽到责任，社会才会健康正常。每个人都是国家、民族、社会的一部分，不可代替，做好自己！

人在社会，远近、亲疏、厚薄是自然、正常的，人对你如此，你对人亦如此，且程度、范围是一个变量。花无百日红，人无千般好。许多因素既有人为，更在大道。人对你的好，自应不忘；不那么好，则不必在意；你对人之好，不可不忘；对人不好，则当常省。如此，一个平和、自在、健康的心态就会始终与你相伴。

人与人之间关系实际没那么复杂，尤其日常多为凡夫俗子、生活往来。将这些做过度解读，随意联系，耿耿于怀，抠住不放，等于是自寻烦恼，自套枷锁。自己放不下自己，自己跟自己过不去，是最大的愚蠢。简单一点、糊涂一点、宽容一点、自在一点，既有益自身，又利他人和社会！

如同人的生理健康一样，心理健康也需要营养的补给，时常用新的信息、知识、理念来浸润，涵养动力，保持活力；也需要定期清理，发现和除去灰暗、卑琐、过时的东西，减低外在消极的影响；更需要刺激、锻炼和磨炼，经些风雨的洗礼，提高承受和应对的能力。一个健康的心理比健康的生理更重要、更有力量！

人，不要老想去改变别人，最需改变的是自己；不要老去看别人的缺点，最应该做的是经常检查自己的缺点；不要老在想别人对自己如何，最该做的是多想自己对别人如何；不要老是要求别人做什么，最应当的是看自己做了什么。如此，人与人的相处就会少去许多无聊和烦恼，才会有真正的心与心的交流、情与情的融合。

人的一生，多在现实、欲望、目标中周旋、挣扎、纠结。没有欲望就没有动力，没有目标就失去方向，欲望和目标的基础在于现实即自身的改变。不追求现实改变而任欲望扩张，不从现实出发而设定宏大目标，最后的结果可能就是一碗清汤。如何在现实、欲望、目标中寻求平衡，使之良性互动，互促共进，乃人生之大智慧也。

不违规就是遵章，不作恶就是行善，不无耻就是高尚，不野蛮就是文明，不助纣就是友爱，不贪婪就是奉献，不狂妄就是谦卑，不撒谎就是诚实，即是社会生活的基本底线和坐标。大多数人不必唱什么高调，先从此点滴做起，再一步步向高处修行攀升；大多数人做到这些，社会的正能量就能盖过负能量。

优雅是人生最美最好之外在表现，是一种生活方式和习惯，与经济、知识、能力似乎关系不大，而与先天、悟性、修行密切相关，很难做出具体描述，但其气场时时能感觉到。在人生的舞台上，面临的许许多多，经历的波澜壮阔，心如止水、平静平和，方能感受优雅的气质、定力。优雅者定是生活的智者、强者。

心灵的平静、平衡、平和，胸怀的大度、包容、安宁，可能是你超然、自立、幸福最大的优势和砝码。有此，平庸世俗可能就是过眼烟云，功名利禄就不可能模糊双眼，从容快乐则会时刻相伴。只是达此境界需经知识的涵养、生活的历练、品格的修行、理性的锻造。

人的一生，当然得与他人同行，当然离不开他人的扶助，当然应善待他人，但应永远记住，你就是你自己，既代替不了他人，他人也不可能代替你。只有做好自己的事才是牢靠的，只有走好自己的路才是踏实的，只有自己的感受才是可信的，只有内心的强大才是真正的强大。唯有如此才是真的活出风采！

每个人都要谋生、处事，都难不讲违心的话、不情愿的话、虚假的话。但要讲做人大道理，讲社会大道理，要教育人，还是要先想一想，这些东西自己信不信，他人会不会信。如是用自己不信的东西去教人，那就是不仁义；如是知他人不信而去教人，那就是强加于人；如是自己不信而硬要他人信，那与谋财害命无异了。

你给予别人的恩惠，赶快忘记，否则会成为使人生烦的根源；你与别人的纠葛，赶快忘记，否则会成为前行的羁绊;你的得意自豪,赶快忘记,否则会成为处事的傲慢;你的落寞不爽,赶快忘记,否则会成为心灵的负担。人的忘却、舍弃、淡薄许多时候比铭记、获得、浓重还要重要,因从容、自在、洒脱更接近人之本性。

善意与生俱来,刻在每个人的心里和身上,每个人对我们的好都超过了我们自身。人生中面对实情实意、生动感动、风风雨雨,善意推断比恶意推断至少好一百倍,至低让你心理放松,自在从容,感受人生的美好。善待每个人应是一种天性和自觉,做得不到则真是你的错。时时这样想就能找到真实的自我!

天上永远不会掉下馅饼,上帝永远不会钟情懒汉,人生永远不会重复以往,社会永远不会网开一面,任何的侥幸、耍滑、投机,可能会得益于一时,但不会到永远,付出的代价自身可能都不知。唯有汗水、诚实、勤勉、奋斗,才能使价值得以体现,幸福、快乐才会与你相伴。否则,你的一切可能只会等于零!

急功近利、急于求成确是社会的通症,求学者设想一举名扬大地,经商者企望一日富甲天下,为政者更盼一年越万人之上,至于需付出多少汗水、辛劳、艰险,似是完全陌生的过去。你看他们整日忙忙匆匆、魂不守舍,在名利之间奔波周旋,身心俱疲,撂下的是风景、纯真、实情。人生的意义本不应该这样!

人在世界上的位置、作用都是一时的、一定的、有限的，无论有多大能耐、多高的水平、多深的影响，在历史的长河和多彩的生活中，都是一瞬、一点，任何英明所为都有历史局限性。离开任何人地球都会正常运转，永远不要过高估计自己，永远不要漠视青年一代。知大小、明进退，应成为正常的生活方式。

人重内修方可担当重任：志得时不可傲慢，势落时不可颓废；意满时不可张扬，失利时不可卑贱；逢顺境不可忘形，处逆流不可失志；求生时不可无尊，谋利时不可少德；强于人时当自谦，弱于人时当自明；有长处不苛责人，知有短而齐于人；见人小恶而掩之，看人善处多效行；热闹时分心须静，寂寥之刻胸当宽。

人当然应有欲望、有追求，如此个人价值才能实现，社会才会进步。但确实有个度的把握问题，有些人就是想把天下的好事都集中到自己身上，自己应有的要得到，不应有的也要得到，属于他人的还要得到，甚至属于上苍和未来的也不放过，追求无度，过了度就走向反面了。如何把握好度，真是人生的大学问。

一个人的思维翅膀如不能自由飞翔，怎么能认知无限广阔的世界；一个人的信息接收天线如时时受到干扰，怎么能对事物作出正确判断。推之，谁能对人的思维设定准确无误的轨迹，谁能对人的信息接收提供独一无二的天线？只有无限的思维、自由的天线，方能使人有最佳的思考力、判断力，立于不败之地。国家亦然！

人当时刻自省自警，知道自己处于何位，有多大能耐。永远不要以为自己认为是对的东西就一定是对的，不要以为自己认为别人错的东西就一定是错的，即使真是对的东西也并非只一种选项。自己认为对的道理可以教人，但不可强加于人，对的道理往往并非只一条；如用自己都不相信的道理教人，则与谋财害命无异！

人生在世，谁都有快乐，谁都有忧烦；谁都有高峰，谁都有低谷；谁都有满足，谁都有遗憾，如是整天想的说的是忧烦、低谷、遗憾，那心境定是灰暗不清，头顶是雾霾蒙蒙，生活在自造窘况之中。既如此何不多想多说快乐、高峰、满足，让心清目明，面对朗朗天空。自我陶醉胜过自寻烦恼好多，幸福快乐由心而生。

没有何人的存在可以被漠视了，没有何人能代替他人的选择了，没有何人能把自己的所爱所好强加他人了，没有何人可以让傲慢畅行无阻了，没有什么模式能作为唯一了，没有什么能亘古不变了，在朗朗天地之间，在法度与道德维系之下，人性由此回归张扬，社会由此轻松自在，世界由此绚丽多彩！——梦想正在照进现实！

人大凡都有的缺点：以自我为中心，以自己的标准看人度事；自以为是，以为自己想的说的就是对的；好为人师，以教育他人为快为乐；自己认为是为他人好的，他人就该接受；不愿认错，最难说出口的是我错了；对自己看得重，对他人看得轻；不愿为他人担责，急于撇清自己。知道这些，就可常自问，是否我错了？

人当然要有个性，保持独立人格，争取自身权益，更要考虑如何与人相处。常讲的与人为善、设身处地、换位思考、己所不欲不施人、己所欲亦不施人等，都是强调对他人的尊重、包容，这是每个人处世、立人、成事的基础。凑合、凑付一语多作消极的理解，如从积极上看，即人凑在一起就得寻求合之道，就得都应付出些代价。

人啊真是复杂！如欲望，没有吧，个人就没了向往和追求，事业就没法发展，社会就不能进步；太大了吧，就会不知满足不知放弃，就会无度贪婪，就会翻船。如个性，没有吧，人生就太苍白太无聊，白活一场，自己和他人都会觉得窝囊；太强了吧，就会忘了自己是谁，就会张扬狂妄，最后被社会抛弃都可能不觉。

如精明，没有吧，傻乎乎一个，事看不清、办不好、成不了，世间焉有立足之地；太精明了，处处算计，非得争锋要尖，人家就会躲着走，精明反被精明误的例子太多。如看透，看不透吧，整天跟着瞎忙，追名逐利，身累心更累；看得太透吧，什么都无所谓，不在乎，既不想成事，又当不了和尚，时光熬起来真难。

如自信，没有吧，稀里糊涂，缺少骨气，没有主见，怎么看都没劲；太自信吧，就会自恋自大，傲慢随行，无所顾忌，唯我独尊，孤家寡人可能就是结果；如生活，不懂吧，粗粗拉拉，不上档次，没有品位，人家笑话，有些委屈人生；太懂吧，细嚼慢咽，过于讲究，过于精致，则显得虚假做作，又有些亵渎人生。

无论欲望、个性，还是精明、看透，或是自信、生活，都是人生之所需、社会之所用，复杂也罢，简单也罢，不同的人有不同的认知、表现，在人生每个阶段也有所不同，关键在度上，在于对度的理解和把握。古往今来，人们创立那么多律条规矩、道德操守，熬制那么多心灵鸡汤，就是为了让人不偏离或少偏离做人的度。

也许社会简单，人就复杂；社会复杂了，人就简单了。如今社会真是五彩缤纷，多元的经济、多元的文化、多元的价值让人眼花缭乱，但人比以往简单多了。年青一代没了那么多的左顾右盼、察言观色、心事重重，多了许多清爽、自在和从容。此情态下，对人生度的把握恐怕只有取决于上帝和你内心的悟性了！

人之个性和权利与生俱来，得以体现和保障是社会文明最重要的标志。每个人都有存在的价值，每个人都不可代替，每个人都不是唯一的标准。就社会来讲，应给人个性的张扬、权利的实现提供最大的空间和安全，创造包容、宽松、互融、共进的氛围，使每个人尽可能少受些委屈、冤屈，最大限度地实现个人价值！

侥幸、意外、唯一、排他、偶得，是每个人与生俱来的心态，只是依个人的秉性、学识、智商、视野、阅历的差异而程度不同而已，如是没有了，世界和生活就没有了那么多的精彩和惊喜。如何做到不害己、不伤人、有玩头、有价值，则取决于个人的觉悟、修炼、理性和运气了。当然还离不开社会的宽容与制衡。

与人相处是人生最大的学问，是人安身、立业、发展的基础。其他方面有再高的天赋，如不能很好与人相处，都难实现价值，可以说与人相处的高度决定着成就的高度。每个人都希望他人对自己好，希望得到他人的认可和帮助，但前提是得知道自己处于什么水准上，准备如何对待他人，能为他人带去和做些什么。

天上不会掉下馅饼，如真是掉下不是有毒就是鱼饵；媒体说话是为让他人信，自己可能在偷着乐；发一时口舍之狂可能得付一生的代价；世上真的好人和坏人都很少，人是很具体的；真正害你的是你自己，要么是选错了路，要么是做错了事，要么是看错了人；记住仇恨是无能，消解仇恨是真功，宽容他人是大德。

人年轻的时候如没有带些莽撞的勇敢，就会被困难吓退；如没有带些偏激的执著，就难以坚持前行；如没有自感无知而求真的勇气，就无法学到本领；如没有不畏人嘲而张扬的激情，就什么事也干不成。什么时候世故成了处世之道，麻木成了精神主导，怯懦成了为事常态，人生希望之火就快燃到头了！

人生是多种因素的集合体，人的发展和成功取决于先天、后天和机遇。先天即智商和智力，受之于父母，得之于社会；后天即意志和毅力，先天条件既定后，有什么付出就有什么收获；前两者具备了，能不能最后实现，达到何高度，则取决于机遇了，即看上苍的脸面了。明白了，人就无必要去做无谓的攀比和抱怨了。

人生看透了，想开了，实际就是一碗白开水，清清亮亮，平平淡淡，随情随意、舒心舒畅就好。每个人在自然界，在历史长河中，在茫茫人海里，都只是一点点，极为有限。人的焦虑、浮躁、烦恼大多是自己想来的、制造的。根源在把自身看得过重，有过高的欲望、过多的期待。放放身段，降降欲望，一切就会释然。

人之间最常见的抱怨是，他哪些方面都不如我，可为何发展比我好。这种情况确很多。也许先天因素差不多，后天努力也不差，但努力的方向不同，在机遇面前结局就大变了。许多好事机遇来了挡都挡不住，往往此时彼时不一样，一线之间、一念之差命运就改变了，有必然也有偶然，也由此造就了多彩的生活和世界。

如抛开学习借鉴之意，人之间的攀比最无聊了。每个人都有自己的人生空间和位置，有自己的人生轨迹，有自己的情感、心境、秉性、运气，谁都不是模式，谁也不能代替谁，做最好的自己就是人生最大的价值。做无谓的攀比只能使自己时时陷入强迫、烦恼、纷争之中而难以自拔。最紧要的是及时消除心灵的灰尘。

人生是上苍安排的过程，也是个人迸发的旅途，各有轨迹，各有千秋。只能一步步做起，一点点登攀，基于对现实的超越，凭着对未来的渴望，靠自己的挣扎打拼，改变处境，改变命运，在社会争得一席之地，尔后再向心中的理想跋涉冲击，以求人生价值的实现。实际上理想是在打拼改变中逐步明了和确立的。

华盛顿的礼仪规则，随手摘几条：如果没事先得到允许，不要走近或翻看别人的书或写的东西；如果一个人已经尽其所能，即使没有成功，也不要责备他；不要轻信有关贬低他人的传言；不要不怀好意地鼓动朋友去发现他人的秘密；不知是否属实的事不要轻易与别人说；不要做没把握的事但一定要遵守诺言。这对我们的为人处世有启发吧？

可能受功利化、世俗化的浸润，似乎每个人都在急于成熟、急于成功，实则大可不必。人生有其天然逻辑，每个年龄段、每个时期都有相应的担当，落后当然不好，超越也无大益，甘蔗有一头甜就很好，人生的好事不可能都涌来。过度社会化，急于走到前台，浪费的是青春，荒废的是人生，一步步前行才最有意义。

摘智者杨绛先生的话自勉：一个人经过不同程度的锻炼，就获得不同程度的修养、不同程度的效益。好比香料，捣得愈碎，磨得愈细，香得愈浓烈。我们曾如此渴望命运的波澜，到最后才发现：人生最曼妙的风景，竟是内心的淡定与从容。我们曾如此期盼外界的认可，到最后才知道，世界是自己的，与他人毫无关系。——这些人生哲理应该对大多数人都适用！

让给他人多大天地，自身就有多大的天地；对他人有多好，自身就会得到多好；保证了他人的自由，自身就有了自由;与人方便,于己方便;与人为善,善及自身;助他人活得好,自身会活得更好。这些劝己劝人的朴素之理就体现在日常琐碎的生活里,体现在你我他的相处相连中。苦涩在于到了一些关口就往往忘记!

引罗伯特·林德一段话自励:人类感受过的最大乐趣之一是,回到无知中去追求知识。无知的巨大乐趣即是提问题的乐趣。乔伊特纳60岁后学习生理学。大多数人到这个年龄就已失去了无知感,并把增长的年龄本身当作无所不知的源泉。苏格拉底之所以以智慧闻名于世,不是因他无所不知,是因他70岁时认识到自己一无所知。回到无知中去追求知识!

学而后方知己之不足,知而后才明己之无知,天地之间你所学所知不及沧海一粟,阅历增加、年龄增长都不意味着知识增多,永远不要自恃懂得什么,永远不要以自己所知展现傲慢。到无知中追求知识既是人生的最大乐趣,也能使自身保持活力,增强动力。追求知识的人会永远保持心态的年轻,即使你到了耄耋之年。

对别人的尊重,既是一种教养和气度,也是对自身的尊重和保护;维护别人的权利,既是一种社会道德和良知,也是自身获得平等和自由的前提。人生的大多事情看似是为别人去做,实际是为自身而行。何时对他人表现出傲慢,对他人的权利不屑一顾,首先矮化和作践的是自身,定是心灵、良知、人格上出了问题!

不论条件怎样优越，人在一种境遇里待久了，就会感到困倦乏味；不论工作意义多大，人在一个岗位上干长了，就会觉得激情不在。如同好饭常吃，也会无欲生厌。理智之人，应让自身融入外部世界，呼吸新鲜空气，保持奔放向上；聪明领导，应让员工感受挑战和新知，激发旺盛活力。如此人生、工作才会更有意义。

人当然要独立思考、保持人格，最好自尊自爱、独善其身，不应人云亦云、随波逐流，更不可同流合污、助纣为虐，日常生活里当如此，社会活动中更当如此。但在不少境遇里，在特定情态下，人又很难视现实而避之，处污浊而自清。有智者言，人啊是很具体的，不能与现实为敌，当是道出了一些人生的真谛和无奈。

世虽无圣人，但当有圣人意识润泽，需君子和仁人志士示范引领，毕竟人类得不断进步，人性需步步提升。就大多数人来说，不求放射人性人格的耀眼光芒，做到以善为先，以礼为重，和而不同、同而不庸、庸而不俗、俗而不堕，应是人生价值的基本取向，是人人相处的起码选择。如此方会有自由平和的人生和世界。

爱自己是本性，爱他人是人性，爱社会是责任。自己是一个相对他人和社会的具体存在，爱自己是对生命和人生的敬重，才可能爱他人和社会；不爱自己则是对生命和人生的漠视，不可能真爱他人和社会；离开他人和社会，自己无法存在，爱他人爱社会是爱自己的必然，是最大的爱自己；如只爱自己则为失却人性。

几乎每个人都在揣摩别人如何看自己，都在琢磨别人说的话有什么言外之意，都在看着别人的脸色说话，都在为一些无聊无谓的东西纠结着，结果是身心俱累，如同处于泥淖之中，失却的是自在和从容。实际上，生活中并非那么复杂，路上没有那么多坑洼，只要放平心态，少去一些在意和敏感，面前就是天高海阔。

“甘蔗没有两头甜”，“鱼与熊掌不可兼得”，“好事不会都聚向一个人”，这些常言都适合人生。你想从政为官，就要想到法度约束媒体盯着，私人空间就有限了；你要经商挣钱，就别想为官的风光，风险只能自己担了；你想无拘无束潇洒生活，就得掂量自己有多深的水，社会容忍度有多大。所有的选择都只能选择甘蔗的一头！

人之所得，包括地位、权力、财富，一部分源于他人包括父母，一部分源于机遇包括时代和上苍，自身努力和能力约占1/3，当然自身不努力或无能前两者都难以显示。但人之间尤政治人物、公众人物之间能力的差异越来越小是不争的事实，上与下、进与退，很大程度上取决于机遇的因素。有此识有助清醒而自励。

也许由于感到人生之路太短暂，也许由于积贫积弱的时间太长，也许由于想有更多的担当，我们要求改变现状的心情太过迫切，对求快强调得太多，得到的往往来不及细细品味就忙着赶路，以至于人生和社会都错过许多。实际不必过于匆忙，慢些走，才能看到更好的风景，体验到更好的生活。马年马儿不妨慢一些！

演戏的艺术与结果，同等重要；人生的过程和结果，同等重要，前者与后者互为条件，互相作用，缺了哪一面都不成事。只不过哪个阶段侧重些哪一面、对哪一面感受强些就是了，难的是一直把握和平衡好。不同的是，看戏知道了结果，往往淡漠了艺术只记得结果；人生显示了结果，往往只记得过程而淡漠了结果。

竞争是人生和社会的常态，在现代社会要受道德和制度的规范和制约。为人，当坚守人格，善意竞争，学长补短，发展自己；做事，当把握机遇，勇于竞争，立基创业，实现价值。常有言与世无争，如是抛开自足或消极一面，只是一种心理修炼，现实生活中多不适用。无争，个人和社会都会失去前行的动力和活力。

别人比你聪明的八个特征：(1)他们发言没你多，因他们知道倾听能使人聪明；(2)他们对专业以外的知识了解很多；(3)他们灵敏地处理家庭、工作和个人兴趣的关系；(4)他们也许使用社交媒体；(5)聪明人很少恼怒，因他们聪明的头脑在糟糕的事情发生之前就已选好了备选方案；(6)他们拥有一些隐藏技能，不到必要时绝不显露；(7)如果他们是管理者，他们会竭尽全力让人们变得比自己更聪明、亲切和受欢迎，因他们明白聪明这件事是相互促进的；(8)任何情况下，他们都永远不可能让你看起来很傻，惨痛的经验已经使他们学到，让别人难看的唯一后果就是让自己也难看。这些聪明人的心得是否会让你更聪明一些呢？

千百年来，大到民族之间，小到家庭之间，有过多少争斗、纠葛、误会，其怨恨如不能化解、消除，而是世代累积、延续，那前行的路上就会有无数个越不过的山、迈不过的坎，撕裂的伤口就永远愈合不了。登高一望，长远念之，世界很小，历史一瞬，人生苦短，让善良、爱心、微笑来占据天地，才为大道正道。

明人宋懋澄云："自七岁以至今日，识见日增，人品日减，安知增非减而减非增乎？"随着年龄的增长，人的阅历增多，社会经验逐渐丰富，谓之"识见日增"；但恰因见过的人和事太多，又易使人老于世故，变得圆滑，失却纯真之心，没了棱角和锐气，谓之"人品日减"。一增一减，有得有失，人生因而沧桑。余弓先生这段话揭示了人生的许多沧桑和无奈！

由此思之，人生如同一条抛物线，幼时为始端，纯真平缓，可爱可信；随着上行身强力壮，识增品减，恶性恶行渐现，到中年也即是到了线之顶端，人之挥洒留印、行好作恶主要在这一段；过了顶端则是向老年迈步如同线滑向下，人开始归真返璞了。世间那么多管人的规矩、法律，主要是管中年即抛物线顶端那一段！

人各有其位，各行其道，各有所成，按本源是不可不用也不必去比，做好自己即是最好。但明此理者少，偏偏要去比，又多是以己之短比人之长，越比越不平衡，越比越感到上苍亏了自己，许多纠结就生出来了。有智者言，国人多是与别人一辈子的攀比赚来一辈子的累。

人生在世，七情六欲都有，但实际上信仰才是最重要的，没了信仰功利就会占去一切空间，而功利是无边无际永不会满足的。只知追逐功利的人就如同掉进陷阱一样，一辈子都想挣脱但就是挣脱不了，一切的累都由此开始扩大，人生的意义多被湮没，快乐被偷去就是必然的了。知此理不难，但能自觉解脱践行难矣！

想想儿时谁没有：哭过鼻涕尿过床，抢过零食争衣裳；摸过鱼虾下水塘，偷瓜摘果翻山冈；顶着风雨进学堂，就着凉水啃干粮；玩耍打闹吃耳光，受到欺负呼爹娘；借着油灯暗淡光，读书不觉天已亮；苦乐时时在相伴，人生天天变模样。如今，儿时光景已不在，唯有童心尚不泯，上苍面前人平等，世间大道永往前。

就达到社会通常说的成才成功而言：少数智商高者70％靠天赋，30％靠努力；少数智商低者这个比例就要倒过来；中间的大多数人天赋和努力各占一半；至于真正成为精英、特殊人才更是主要取决于天赋和机遇。看到差异，找到在世间的位置，知道向何处努力，人生之路就走对了一半。人之层次与高低贵贱无关。

一个人如以自己为圆心，则必是一切围着自己转，圈子必是越来越小；而以他人为圆心，则定会设身处地虑他人，圈子必是越来越大。一个人如以自己为尺子量他人，则必是感觉人多不如己，抱怨会越来越多；如以他人为尺子量自己，则必是感觉多不如人，抱怨会越来越少。少想些自己，多想点别人，心宽地阔。

人的许多不快、烦恼、纠结都是由于把自己看得过重。与人相处对他人的表情、语调、说了什么格外在意敏感；说话时大话、重话、绝对的话太多；行为处事中张扬、傲慢、逞强等随情表现，诸多问题自然就来。地位、财富、知识等任何自认强于人的东西，都会成为以自己为中心、把自己看重的理由。修身正己何其难！

国人愿以君子和小人评判他人，实际自古以来君子和小人的含义多有不同，君子与小人也并非绝对的，一些人在某些事上可以很君子，在某些事上却很小人。能容小人方成君子，但得先认定自己是小人，这才有进步的空间；以君子自居者多不是真君子，可能伪善成分更多。现实里君子和小人都很少，大多都是普通人。

实际上人都是矛盾的集合体，善与恶、美与丑、真与伪、高与低、贵与卑、雅与俗等，与每个人与生俱来，共处一体，只是因先天秉性与后天修炼不同，因环境影响与外力促动不同，而展现出不同的情态。前者达到高点，就成为君子；后者达到高点，就成了小人。虽然能成为君子的人很少，但君子应成为人生的追求！

国人生活中最看重的莫过于面子，似乎人生就是为面子活着，他人怎样看自己，自己在他人心中的位置，那可是了不得的事情。一个面子将许多行为扭曲，将生活变味。

有面子的显摆张扬为求更大的面子，无面子的千方百计争面子，虚荣、嫉妒、攀比、争斗由此而生，心灵和生活被累充斥着，演绎了多少人生的酸楚。

面子后面是文化。人本来是为自己活着，本色本性、兴趣爱好决定着人生的价值和质量，其他都由此自然衍生。国人的文化对人生赋予太多，出人头地、荣华富贵、光祖耀宗、治国安邦，不一而足，许多时候恰恰忘记为何出发来到世间，忘记了为什么活着，一切以其他为参照系，由此引发困惑、无奈、焦虑就不足为怪了。

我们的传统文化和思维中，缺乏对私人空间应有的尊重和维护，目的高尚、集体取向、共同需要等都可成为干预私人空间、让权利服从的理由；窥视私人空间，对其过度关心关注，且津津乐道随意传播是社会生活中常见的现象；对私人空间的坚守，往往被认为是不合时宜甚至另类。融入文明应重新认知私人空间的位置。

史情杂议

宋太宗在位时，倡导于公堂前立一戒石，之上镌刻十六字铭文："尔俸尔禄，民脂民膏；下民易虐，上天难欺。"用以警示当政者与后人。明太祖朱元璋明令各府州县将此言立戒石于县衙堂前，地方官上任时，须在戒石铭下行祭拜仪式，大声宣读铭文，场面十分庄重。清代多地则在牌坊上书写。铭文不知何时出口至日本，被一市立于街头视若珍宝，以警百官。如今，该市公职人员在就任履职之前，在接受其他训教告诫同时，当背诵此文，熟记于心，以畏天地，以规所行。天者道也，当敬当畏；违之，当责当谴！当然，现代国家从根本上解决问题，还是要靠完备的制度、法律，靠有效的监督和制衡机制，把权力真正关在笼子里。

今天是"五四"青年节，可知五四运动一语之来历？此语第一次出现在 1919 年 5 月 26 日的北京《每周评论》杂志上，一直沿用至今。此语作者是五四运动时著名的学生领袖，当时他亲笔起草了传单《北京学界全体宣言》，提出了"外争国权，内除国贼"的口号。他叫罗家伦，为著名的教育家、历史学家。

先哲罗家伦先生当年奋力呼吁青年养成道德的勇气，给出了四条具体的养成办法：(1)知识的陶熔；(2)生活的素养；(3)意志的锻炼；(4)临危的训练。其先决条件：一是天性的敦厚；二是体魄的雄健。并特别强调，冲动和虚矫不属于道德的勇气。对各点先生都有精辟论述。如今读来振聋发聩，让人感受到人格提升的力量。

有智者云：文艺复兴其实质是借发现古典之名，行发明现代之实，名为复兴，实为创新。欧洲的文艺复兴运动和中国的五四运动实质皆在此。现在有些人让儿童穿上汉服，背诵经典，似乎在复兴传统文化了。这不叫“复兴”，只能叫“复古”，愈复愈衰，是兴盛不起来的。此语中的，社会各方都当深思，别再搞笑了。

历史上俄国曾与德国瓜分波兰130多年，这期间波兰的历史是空白；1939年，苏军和德军又共同出兵波兰，而后是骇人听闻的“卡廷事件”，且是1989年后方揭秘。历史上欠波兰人民最多的，一是俄国（原苏联），二是德国。西德总理勃兰特访问波兰时代表国家以下跪方式表示忏悔，受到世界称许。

广东惠州西湖畔，有个精致文雅的苏轼纪念馆，详细展示了苏轼在此任职的史料和文物，体现了人们的景仰之情，成为当地文化的亮点。苏轼在此地任职只940天，却留下千年不灭的政声。苏轼本一文人，从政并非其长，一生在多地任职为官，命运多舛，最后流放海南，但在每地从政都留下日隆的口碑和不息的佳话。全国凡苏轼任职和到过的地方，几乎都有苏轼的纪念物，与此同伴的是苏轼美文、苏轼美景、苏轼美食，影响着一代代人。在我国古代政界文坛上，可出其右的还真不是太多，也算是一大奇观吧！这是体现着人们美好的寄托和期盼，还是人格、文化魅力使然，或是兼而有之？

1945年前的百年间，对中华民族影响最大的有三件事：一是结束帝制，走进共和，千年一变；二是以全民族血肉之躯驱逐日寇出中国,避免了亡国灭种之灾难;三是废除了外国列强百年来强加的一切不平等条约,洗刷了民族耻辱,第一次以大国身份跻身于世,令各国刮目以对。这些都是不应淡漠和忘却的。

李鸿章实则应算是对世界尤对西方经济、科技、军事客观认识最早的智者,亦是对国家和民族有高度使命感、责任感的人,对引进西方技术有创造性的设计和实践。可叹的是在特殊的时代下,制度不可能使他有更大的作为,心有余而力不足,只能做裱糊匠了。近现代史对他误读太多,至今还为骂名所笼罩。

研究、学习、借鉴历史,可以让一个民族聪明起来,少走弯路。但最重要的前提是要直面历史,公正解读历史,把历史的真相告诉公众和后人。这是需极大勇气和超常睿智的。如是误读、歪曲、伪造历史,并以此而谋私取利,既是对历史和公众的叛逆和误导,也是心灵的扭曲和作践,还不如没有历史。

特殊人物的导向牵引、经济的内在动力、社会的巨大惯性、文化的多重张力、公众的支撑推动,演绎了历史一幕幕威武雄壮、色彩缤纷的大戏。哪种要素都不可缺少,谁的作用都不可代替。进入现代,社会越是进步、健康,个人历史作用的分量越在降低。公众共治是历史发展的必然。

电影《一九四二》悲惨悲愤悲壮,荡气回肠撼天,流离失所、生不如死、卖儿鬻女、人人相食、饿殍遍野、奇耻大辱、气节苟且、人性野性这些平时的书面语词，在此都得到了活生生的切肤印证。观看到最后一老一小顶风冒雪前行的镜头，已是泪流满面了！这时身后一女孩咳了一声说，胡编吧，人活生生的，怎么就会饿死啊！闻此言，惊叹一声：历史啊，你究竟被湮没了多少！无论如何，此片尽管与真实尚有差距，但能够公映，还原历史，让国人反省沉思，算是国家的清明和幸事了，亦是刘震云、冯小刚对历史的可贵贡献。

没有亲身经历的人很难理解大饥饿时的情态。刘震云、冯小刚的《一九四二》还原了历史，尽管因故难以全面，与真实还有距离，但毕竟是补了一大缺页，启迪人们反省沉思，体现了文学家、艺术家的时代良知、勇气和责任感，是对国家和民族的贡献。由此，人们有理由向他们致敬。影片的公映亦是国家清明进步的表现。

昨晚发了一个电影《一九四二》观感的微博，竟得到众多网友的转评，所评多不在电影本身，而在对历史真相无知、漠然、麻木的审视反思，且有些戏谑的成分。看来人同此心，世同此理，在历史面前，我们都当保持敬畏、拒绝虚伪、追求真相、直面以视，为的是给心灵一个安慰，留得一份尊严，期待着未来更好。

王安石是宋朝有胆识、有魄力的政治家，他的变法自然不能突破历史的局限，是为了增强政权的控制力、统治力，巩固和延续大宋江山。天变不足畏、祖宗不足法、人言不足恤，是他变法的灵魂和旗帜，在当时也算是达到最高境界了，这一点对后人的改革有着积极的启迪和引导作用。

《公天下》是稼祥先生用几年的心、血、情甚至生命倾力打造的力作。该书站在时代的高度，运用丰富的史料，通察四千年中国政治史，上下纵横剖析，以近乎数学模型和物理通式的方法，推演历史的进化和未来社会治理模式的走向，为人们观察和研究政治大略提供了一个全新的视角和空间。祝贺它的问世并向朋友们推荐！

《旧制度与大革命》说明了什么？此书表述了18世纪法国大革命的历史问题，重点阐述大革命与旧制度转换裂变中的多维现象，即原有的封建制度由于腐败和不得人心而崩溃，革命后的动荡反复和专制交替，社会各阶层无法压抑的怒火和意想不到的残暴斗争，同时昭示着走向民主自由过程的复杂性。此书为法国历史学家托克维尔所著，第一次出版距今150多年了。高层推荐读此书，富有深意，当是提醒应有历史担当的人们，把握国家大势，认清自身使命，义无反顾地推进改革，并对改革过程面临的复杂情态有足够的洞察和准备。愿先哲的理念、智慧对国家和社会的稳定及健康前行起到有益的作用。

改革前的村叫“大队”，大队设若干生产队，亦称“小队”。生产队对社员出工记工分，最高每天10分，年底算出每天的工值，确定全年剩余或亏欠。我们家那时每年欠生产队几百元，叫“亏账”，一个生产队亏账的农户约占一半。最穷的村几乎家家都亏账，亏账倒好说，最要命的是没有粮食吃，春荒是普遍现象。

三千多年前的木乃伊仍是人类文明的难解之谜，但造就此的埃及目前是世界最大的穷国之一，其中原因不知能作何解释？正因为文字的沉没，古埃及的文明断裂了一千多年，可能是近现代落后最重要的原因之一。当年的埃及是世界文明的顶端，如今的埃及透出的是文明的没落，奔流不息的尼罗河在作证！

20 世纪五六十年代是贫困、挣扎的年代，从那时能走过来也算是上苍厚爱了。那时过春节能吃顿好饭、有件新衣服就高兴极了，父母大都没压岁钱可给。大年初一给长辈拜年和大年初二、初三走亲戚时小孩才能收到压岁钱，给几分钱是常事，后来才是几毛，到 1 元就了不得了。这些已多被人们遗忘了，可忧的是忘掉了造成这些的原因……

那个年代盼过年也罢，过年的深刻记忆也罢，实际上就在几顿好饭、一身新衣、几天的清闲。那几乎是一年辛劳的最高奖赏，带来的兴奋是因有与平时贫困、苦涩的强烈对比。因而有“难过的日子好过的年”一说，即“过年”只几天好凑付，别因过年铺张或懈怠而误了一年的事。如今这些多已根本改变了，几乎变成了“好过的日子难过的年”，不知过年该干什么了。

20 世纪末发端于安徽农村的土地承包改革，是国家改革的引擎。当时农民的动机十分纯朴简单，即是要有饭吃、不挨饿、能生存，没有更高的奢望和远大目标，更没想到在全国引发那么大的争议，引起社会的深刻变革，并在历史上留下耀眼的一笔。幸在国家理性回归，顺应潮流，追随民意，使此得以进行并渐及全国。这一变革从制度上结束了中国几千年挨饿和饿死人的历史，开启了国家变革的大门。如今的人们应理解当年的变革有多么艰难，要冒多大的风险，对后来有多大的意义，理解有今天的局面是多么不易，从而凝聚推进改革的力量，改革仍是国家和社会前行进步最大的红利。愿进入记忆不久的历史不会成为遥远的绝响。

读完傅高义的《邓小平时代》，掩卷沉思，30 多年改革开放的跌宕风云幕幕涌来，一位位立于潮头的时代领军人物和豪杰鲜活生动，深感在生死攸关的历史转折关头，在风云激荡的社会变革时刻，在错综复杂的重大问题面前，领导人和其团队的境界、胸怀、胆识、谋略、担当是多么重要，尤其在这样一个超大国家！尽管本书的译者冯克利说，从某种程度上讲我们仍然生活在邓小平时代，但历史的一页已经翻过，伟人政治、强人政治时代已经结束，世界和国家正在发生着深刻变化，前所未有的挑战已摆在面前，在前人奠定的根基上，从体制、法治、制度上健全和完善国家治理结构，更是紧迫而艰巨的历史重任。

有“铁娘子”之称的英国前首相撒切尔夫人的去世，没想到在国人中引起那么大的反响。最重要的因素当是，在 20 世纪 80 年代中英关于香港问题的谈判中，她先是强硬后是妥协再是合作，从而保证了香港的完满回归，体现出了政治家的眼光、毅力和风范，给国人留下了复杂而深刻的印象。实际她的影响远不止于此。她在首相任上，为提升国家地位、促进经济发展实施的一系列政策，在外交领域的强硬表现，与他国合作结束冷战获得的成果等，都使她在英国历史上，在世界政治史上，留下了浓墨重彩的一笔。她从青年时立志从政，坚守不移，直至登上大国最高领导人之位，一百多年来世界无一女性可与之相比，更是她的魅力所在！

撒切尔夫人去世，为何在本国和世界引起那么大的反响和尊重，除了作为百年来世界上最有影响女性领导人的独特魅力外，最重要的是她对国家、对世界所尽的那份历史责任、历史担当，那种义无反顾、果敢坚守。掌握公器尤处于高位者，最重要的是看为推进国家和民族进步做了什么、留下什么，百年之后历史如何评判定论。

中华民族五千年的文化是丰厚的资源，是国人的骄傲。但须思考的是：传承保留下来的文化有多少是正宗和精华，如何弘扬光大？我们的文化失去了那么多，有何历史教训？留存的文化中有多少已与现代理念、价值观相去甚远，怎样扬弃？如何吸收世界先进文化来充实我们的社会并实现融合？我们应当直面以对并认真回答了！

不用说古代，就是对近代、现代史上发生的一幕幕惨痛悲壮的历史，我们都没能直面以对，更没放到世界、历史的大视野中去反思深省，反而被视为家丑而刻意掩饰，以至于历史的错误一再重演。受苦受难的不只是广大百姓，掩饰者、统治者也难以幸免。民族不应当健忘，反思才有进步，国家理应成熟。

我们的民族之所以时常健忘，从深层讲当是与信仰一直淡薄有关，背负的苦难太多太重也是重要因素，以至于历史上多少沉痛的教训没能吸取，国家每前进一步都那么艰难。历史是一面镜子，历史昭示着未来，历史不应健忘，一个成熟的民族从对历史的反思中前行，一个成熟的人从对历史的自省中提升。

1958 年是全国整体的发烧，“大跃进”、“大炼钢”、举红旗、插白旗、砍林木、荒农田、稼无种、粮无收，使国家的狂热达到空前的程度，接下来则是民众蒙受饥馑穷困的苦难。之后几十年来，自然生态的恶化、社会意识的扭曲、人心回归的艰难，都可从当年找到影子和根源。铭记历史、吸取教训是这代人起码的担当！

在历史面前任何人都是微不足道的，历史的发展有自己的轨迹，历史可以掩盖一时一代而不可能永远，直面历史需要良知和勇气，从历史中正确总结、汲取、借鉴营养和智慧是人发展提升、社会进步的动力，伪造、歪曲、掩盖历史必会受到历史的惩罚，将历史的真相还给历史、告诉后人是社会和政治家的历史责任。

过去提出过历史学为政治、为斗争、为现实服务，如此历史就成为任人涂抹打扮的小女孩，漠视、掩饰、回避、歪曲甚至伪造就难免了，许多人的历史知识和历史观就是由此而来。历史就是历史，直面以对，把真相摆出来，社会和公众自会明鉴，当然这有时是十分痛苦的事情。政治家、历史学家负有重大历史责任。

20 世纪 80 年代初，改革开放的大潮激荡了无数青年人的心，点燃了图新求变的火焰，求学之潮、出国之潮、创业之潮放飞着梦想，有成功有失败，有顺畅有曲折，有欢笑有哭泣，推动着国家现代化的起航，使千万人有了不一样的人生。青年人的激情决定着国家的未来。这即是电影《中国合伙人》展现的情景、给予的启示！

历史可以不知，但不可无视；历史可以否认，但不可能抹去；历史可以掩饰一时一代，但不可能掩饰永远；历史可以有多种解读，但最正确的解读是它的真相；不是历史为其他什么服务，而是其他得对历史负责。唯有以郑重、严肃的态度勇于正视、直面历史的国家和民族，才是有希望的，尽管这有时是很痛苦的。

我们长期把历史当工具了，要求历史为政治和现实服务，以现实需要剪裁、解读历史，以历史的东西来呼应、阐释现实。对古代史如此，对近现代史也多如此，传下的不少是些不确切甚至扭曲的东西，这不是对历史、对后人负责的郑重态度，人们一旦明了真相，那种逆反心理就可想而知了。历史最大的力量在于它的真实。

看到一些现代国家有三五百年、七八百年甚至上千年历史的建筑如今还在使用，令人感慨不已。看看我们的大部分城市，五十年历史的建筑有多少，百年的建筑有多少，几百年的更不必说了，令人感伤不已。两相对比，理念、文化、文明的差异就清楚了，也会明白为何我们付出的那么多，而沉淀和积累的却那么少。

对反思历史有智者提出“和解”一说，深以为然。历史上、人世间、生活里，不是什么事情都能扯清的，不是什么是非都能辨明的，不是什么责任都能搞定的，即使扯清、辨明、搞定也许没有什么意义了，或是弊大于利。很多时候、很多情况下就是一堆乱麻、一团稀泥、一笔糊涂账，这时“和解”当就是最好的选项了。

和解，首先是人之内心的和解，奠定信仰坐标，安顿好心灵，让精神世界平衡；次之是人与人之间的和解，焕发良知和理性，消除前嫌和猜忌，释放善意和真诚；三是人与社会的和解，实现权利与义务的对等，责任与义务的统一，互动共进；四是人与自然的和解，敬畏和善待自然，少取多予，造就和谐友好的环境。

人之间、家庭之间、族群之间其实没有那么多的仇恨，即使有肯定有历史际遇等复杂成因，也不应扩充和延续，更无必要付出人生的代价，甚至让后人承受。人生苦短，冤冤相报何时了？现代文明把宽容、宽恕、妥协、和解置于高处，即使不能相逢一笑泯恩仇，也应各行其道不相扰。消解仇恨，永续爱心，方是人间之正道。

对于历史和社会，我们缺的多不是肯定、宣扬和自信，而是直面、正视和反思，以至付出的沉痛代价没有变为意识上的财富，同样的错失一再重复，多少心力物力流失于陶醉之中。与文明的差距让人脸红。敢于和善于反思是国家、民族及个人聪明和智慧的重要标志，反思方有醒悟，反思方有进步，反思方有成熟！

不少青年人对历史发生的事情难以理解，对上一代走过的路难有切身感受，对已有的深刻变化难有公允解读，对未来发展的前景更难有理性的预测，实际这确不应多怪他们。这有深厚的社会原因，与我们做得不好不够有关。以郑重的态度，把过去、现在、未来告知他们，让他们感知、理解、担当，是全社会的责任！

艺术家的最大价值在于启迪人的心灵，促动人性进步。艺术家心灵的高度直接反映了社会文明的程度，其心灵的归位是社会进步、政治清明的重要标志，对公众有着不可代替的启迪作用，而最能表达最能代表这些的是他们的作品。由此看张艺谋导演的电影《归来》，确是为时代和社会奉献了浓墨重彩的一笔，理应为其鼓掌！

一个普通的知识分子家庭，一个那个年代并不鲜见的故事，一些朴实无华的画面，把人们带回并未远去的历史，让热泪横流，让心潮起伏，回味、反省、沉思，解读酸楚无奈的社会，见证悲凉凄婉的人生，不尽地感叹，最大的伤害莫过于对人性的伤害，唤醒、归位人性是世间第一通天大道！电影《归来》带给人们的震撼。

荒唐的岁月和岁月的荒唐，带给人们的是苦难更是焦虑和恐惧，浇灭的是心头之光，其影响并未消解远去，时不时可看到在或左或右地扯着社会和人们，绊着前行的脚步。对历史最可怕的莫过于漠视失忆，文艺作品最大的功力在于震撼心灵，愿《归来》如一磅重锤，敲开人们记忆的大门，洗去尘垢，让心灵归位！

一些年轻人对《归来》中的场景、故事、心态、语言等感到难以理解或是无味，是正常的，没有从那个时代走过的人，很难体会到那个时代的荒诞、生活的苦涩和人性的扭曲。这不怪他们，是社会没有把真相告诉他们，没作应有的反思。站在新的起点上，如再漠视、回避，放弃思考，那受到拷问的就是良知了。

陷民众于内斗的历史浩劫，火与泪铺就的艰难历程，近乎崩溃的巨大代价，发生就在昨天，回头望之，多少人已漠然，多少人已遗忘，多少人在回避，多少人在掩饰。《归来》的社会价值在于以人性的力量、艺术的力量，帮助人们敲开记忆和良知的大门，直面历史的真相，找到存在的方位，知道向何处行进。

郑重建议年轻朋友去看看《归来》。这是迄今对那个特殊年代反思最为深刻、最有震撼力的作品，其真实展现了变形社会人文的沦丧、人格的分裂、人性的扭曲、文明的倒退，更是在呼唤这些的归来和进步。感知这些，会真切理解人们为何对那段历史刻骨铭心，理解 30 多年来大地上发生了什么，理解我们应向何处行进。

亲情友情

小妹小时心敏手拙，时被母责。不想工作后竟打得一手好算盘，结婚后竟做得一手好菜，且慈孝俱进。现每周驱车几十公里回家一两次，为父母做上一桌好饭。我弟兄等如回恰遇，则共同享用之，与老母谈笑，与老父共饮。此时名利荣辱皆忘也。实际上，很多最重要、最珍贵的东西就在身边。亲情如海，不可量也，无可代也！

沐雪浴风，心爽出城，三刻时分，即回家中。父母迎之，说笑风生，备菜上酒，把盏临风。弟妹与共，侄辈助兴，更有佳肴，老少享用。上苍所赐，心会神领，身置此境，温暖无冬！

老母中午只吃一个地瓜、一小碗稀饭，其他再好的东西都似没见；老父酒量饭量都不如以前，视力在下降，他们就这样一天天地衰老着。青年十年见衰，中年五年见衰，六十以后一年见衰，他们如今几乎是每天见衰。除了常回家看看，陪他们吃顿便饭，打扫一下卫生，聊上三句五言，真不知还能帮他们什么？只愿慢衰！

老母亲80多岁了，虽身体不好，但思维清晰，儿女仍是她最大的心事。我到如今，还有这样的老母在惦着疼着，实在是无比幸运，是上苍赐予的最大福分和仁爱。老母老父在极为艰难的年代和环境中，以超凡的力量，含辛茹苦生养培育了我与弟妹们，不仅熬过了饿冻噩运，而且能上学读书，谋生自立。每思之都感叹不已。更为重要的是，是老母的身教言传如春雨浸润，教我等如何在世上做人处事。独立生活工作这么多年，无一人的影响超过老母。老母是我最大的精神支撑，是生活工作处事最重要的力量，亦是无论到何处最大的牵挂，越向前走这种感觉越强烈。有父母在，就感觉自己年轻，就有真正的家在，就有归属感、依赖感。尽管在心底天天都是母亲节，但还是要借母亲节之机向老母默默致以为子的最崇高敬意和最美好祝愿；尽管不信上帝，但还是虔诚祈愿上苍保佑老母并天下母亲安泰幸福；尽管能力微薄，但定尽己之力之情，不辍报答老母之恩，让她在人生最后阶段生活更好更舒心。同时为天下母亲呼喊：愿天下母亲节日快乐！

中午买了些饭菜回家与老父母一起吃，与老父小酌几盅，听他们唠叨村里的事、家里的事，真是有味道，温暖啊！他们尽管身体在衰老，但精神尚好，最大的心事仍是子女，“可怜天下父母心”一语对他们适合到永远。有他们在我等就年轻，远方的家就在。幸福幸运并不高、不远，就在身边眼前，就是有我的父母在！

村里组织老人到 20 多公里外一普通景区游览，中午在一小饭店吃饭，老父参加了。老人兴奋胜于过节和庆寿，回来几日还津津乐道，说是开了大眼界。弟妹谁回家老父就念叨一次，称村里办了个大好事。细想也是啊，他们从社会得到看到的实在太少了，他们所求真是有限，他们太容易满足了，我们为他们做得太少了！

家境特别困难的时候，母亲几乎不吃那时最好的馒头和玉米饼子，都分给父亲和我们兄妹吃，吃的大多是地瓜和菜。一次在饭桌上吃了一点，小弟竟问：“妈，您病了吗?”母亲的眼里即泛出泪水。多么艰涩难熬的日子,多么伟大无私的母爱!对父母的这份情、这份爱,再怎么做都难以报答啊!

为了子女,生活中许多母亲都常说“谎言”,实际是母爱的最高表达。我的老母亲更是如此,小时听得最多的是“我不饿”“我不愿吃”,其实是想把有限的东西给子女吃。有次母亲吃了一点那时“最好”的馒头,小弟竟问母亲“您病了吗”,他以为母亲只有病了才会吃这些,致使母亲心酸了好长时间。人世间最宝贵的就是母爱!

上小学时,晚炕头昏暗的油灯下,常常母亲和我两个人,母亲缝补一家衣服,我写作业。母亲不识字,有时笑一下问我,怎么看一眼书能在纸上写那么多。我回之,你眼都不看手上的针一样在缝着,她即乐之。因白天太累了,母亲一会儿打起瞌睡,要么针刺了手指,要么被油灯烧焦了头发。唉!苦涩生活,美好回忆,深远母爱!

除极个别外,没有父母对不起子女的,只有子女对不起父母的;子女对父母只有做不到位的,没有做过头的;做的一切首先不是为尽孝,而是为心灵多一点满足,将来少一些遗憾、后悔;精神多一点安慰,将来少受点谴责、折磨,因无论如何下辈子都不会再见了。

父母的名下有两亩多承包地,每年领取些国家给的种粮补贴,同时还有国家发放的养老补助金。对此 80 多岁的老母亲怎么也不理解,一说起来就念叨:农民种地不但不交公粮而且还领钱，咱对国家没有贡献怎么还给养老的钱，是不是国家的钱没地方花了？给她说，国家有咱的一份啊！她则说，国家怎么能有咱的一份？那个时代的人多是这样吧。

对为父母应做的事，细思起来不少都做得不好不够，虽然这些都并不难。年轻时光知道事业，对父母想什么、需什么往往想得很少。待明白且有些能力了，父母已年迈，想做他们也不用了，就是做了，意义也已减了许多。人生在世，唯父母之情之爱无可代，应做能做的事越早越好，“拖”和“等”的结果可能就是后悔和自责。

老家门口有一分地的小菜园，是老父天天光顾的地方，也是老母的一份依赖。小菜园除要出产父母日常所需的菜蔬，更重要的是提供父母带给儿女的礼物。有收获的时节，每当知我与弟妹回家，老母一早即要老父去采摘，然后分拣，一家一份，走时带上，如有朋友同行，也要给一份。些许菜蔬寄托了多少父母心与情！

中秋月朗，正是对月品月饼的时刻。月饼的象征意义早已大于实际意义了，即使在偏僻乡村，月饼也是普通之物了，没有多少人真吃下一个月饼了。思之小时候，中秋全家花8毛多钱买一斤月饼，四块，给爷爷两块，全家月下分食两块，再馋也不敢多取。苦涩艰难的年代，有人竟以赞赏口吻去怀念，等于良知全无！

工作后每次回家往返时，父母都要到门口，目送着走到村头，直到看不见才折回家。几十年来次次如此，如今他们都 80 多岁了，即使腿脚不便也从没改变，再怎么劝阻都无济于事。此时忍不住回头一望，即是满眼泪水，明白了：在这个世界上确没有任何其他人，爱我胜于自己、如同生命！爱自己的父母即是爱这个世界！

80 多岁的老母亲现因行走不便，平时很少出门，更极少出村。不知经过怎样的酝酿准备，今天办了一件大事，由小妹开车陪送，到十几里地外她的娘家看望弟兄和同村的姐妹。在百年祖居的炕头上与弟兄姐妹说了半天的话，一起吃了饭，照了相，似是找回了小时在家的感觉。直到傍晚回来，还处在激动兴奋中。

人性、人情任何东西都挡不住，家乡、亲人永远在人的梦中。老人啊，真不知何时在梦什么。帮他们圆好梦，是做儿女的责任和好运！

不知是去年春节一句“可别把孩子都冻坏了”的激将话起了作用，还是考虑儿女的奔波之费，年迈的父母新年前终于离开山村来到小城度寒冬了。离开几十年熟悉的家和村，到一个陌生的地方，尽管条件有了改善，但对老人来说，确是一个大的转换。做儿女的自然十分高兴，方便了看望和照顾，以更好地尽点孝道。让父母在晚年生活得好一点。但看着老人手足无措的神态和对环境、条件的种种不适应，又顿生出些许的歉疚和忧虑，歉疚的是此事做得太晚了，忧虑的是父母不知多长时间能适应新的环境和生活。

今天是老母亲的生日，与往年不同的是，今年的生日是在城里过的。父母到城里来住了十几天了，各方面都还不适应，看着外面的楼房和汽车都觉得晕，门口的人一个都不认识，也说不上话。中午弟妹们细心筹划，几代人参加，为老母亲举办了生日宴会，气氛甚好，老母亲虽吃得不多，但看得出是进城后最高兴的一天。想想也是，在农村生活了一辈子的人，到城里来面对的是完全陌生的世界，心理上、生活上得实现多大的跨越啊！如何关照父母，让他们生活得好一些，真是做子女的应早考虑、早运作的大事！

我等每次回家，老母亲都要念叨什么也不用带了，岁数大了，什么也不用了；都要找酒摆菜拿水，一再叮嘱慢慢喝、好好吃；离开家时已准备好的鸡蛋、馒头、蔬菜等硬拉硬扯逼着带上，然后送到门口，目望上路。此时回头看看老母日益佝偻的身躯、一脸的皱纹、满头的白发、不便的双腿，眼中立时充满了泪水。此时此刻实在不知应该和能够为父母做些什么，只是对“孝顺”中的“顺”似乎多了一层理解，即现在对他们的顺从可能比为其做什么还重要了。父母的爱是最大最纯的爱，不论你走到何方，不论你做了什么，父母在哪里，哪里就是家。又到母亲节，祝老母亲和天下母亲安康幸福！

一向爱干净的老母亲患白内障后，对家里的落灰、污损愈来愈看不清了，有时帮收拾一下还阻拦，说这不是很干净吗？经反复动员今年终于做了手术，老母亲看到了真相，不顾劳累，不管腿痛，翻箱倒柜，把家的里里外外做了彻底清除，面貌一新，一再说让你们骗了好几年，过日子没个过日子的样真是丢人！小辈个个自叹不如。

重阳节大好天，着短袖衫回家，看老父已穿毛衫了，问之，不热吗？回之，不热，身上没火力了。几年前共餐，老父喝三两白酒，外加一瓶啤酒，没事，还自嘲啤酒解白酒。如今只喝一瓶啤酒，劝也不喝了，告之，老了，比不得从前了。衣服穿得多了，酒喝得少了，当是人真老了的表现吧。人啊，是自然和社会的晴雨表！

每次回老家，父母唠叨的十之八九都是村里那几十户人家的事，如哪家买了个汽车，哪家在外挣了钱回村要造个大房子，哪家的谁外出打工领回个媳妇，哪家的老人痴呆走失到现在还没找到，哪家为什么事闹起了纠纷，市里镇上的人来检查什么，等等。在他们眼里，村子就是个世界。的确，从一个村子可以看到外面世界的变化。

农村的事都是很现实、很具体的。一个村几十户上百户，几十年上百年住在一起，一代接着一代，家家房不连脊地连边，人们低头不见抬头见，且宗族关系、亲戚关系、邻里关系搅和在一起，谁家有什么变化或是什么事，全村的人都知道，也是通过这些去感受和认知外面的世界，当然一些矛盾和纠葛也会随之产生。

父母都是没文化的普通农民，自小对我们兄妹最大的影响是善良。那时村里经常开批斗大会，我们要去看热闹，父母再三叮咛千万别跟着别人打骂人家；与地富子女玩耍或干活时，则会告诫千万别欺负人家；外地人有来要饭的，无论如何都会找些吃的送去。这些至今不忘，可见父母的德行素养会影响甚至决定孩子的一生。

受父母尤其母亲影响最大的另一点是有礼。小时无论什么亲戚来，母亲都教该怎么说话；到村里借还人家东西或人情往来，则反复交代如何给人家说，回来还要问人家怎么说，直到现在如要我们到邻居家办什么事还要告诉怎么说；村里无论什么人包括老人小孩来串门，都要送至大门外。这些最朴素的东西在润泽着人生。

父母影响最大的再就是勤劳。小时候从不见父母有闲暇时分，干完生产队的活再忙家里的事，养猪、积粪、种自留地、缝补衣服等，为一家人的吃穿计。小时并不知父母辛苦，大了才逐步明了，在那极艰难的穷困岁月，能把我等育成养大，让一大家人没受大饥、没挨大冻是多么不易，如今回想起来既庆幸又后怕。

干净（讲卫生）也是深受父母影响的事。虽是草房陋屋，里外都是泥地，但常年都是干干净净，衣物、家什、柴草摆放整齐；一大家人多是穿旧衣服、打补丁衣服，但没穿过破衣服、脏衣服；我们兄妹没有敢在家随地吐唾沫的，外人来吐了痰，走后母亲立即清理。现在条件虽已大变，但这些还在日常生活中体现着。

父母虽无文化，但对孩子读书看得很重。在吃穿难以为继的那时，我们弟妹都读完中学，特别困难时父亲要我和大弟退学帮助挣工分，被母亲反对而作罢，后来机会来了有的还上了大学。父母坚持要我们读书，既是觉得有文化才会有出息，也是想让我们免受农田劳作之苦。最后还真是靠这使个人和家庭的命运有了改变。

父母对孩子的爱大概属农村中最传统、最纯朴的那种，有棍棒拳脚、责骂呵斥，更多的是无言和自然。家里生计最吃紧的时候，父母也不会让干累活苦活，怕伤了身子；夜里寒流来了父亲会起来把炕烧热，母亲则把棉衣找出来放在脚下焐着；哪个在外面受了欺负，会找上门与人家理论，当然谁被告了状也有巴掌在等着。

天下的父母尤普通人家的父母可能大多如此。一位朋友告诉我，当年他父亲送他到城里上大学，几十里的山路，一前一后走了几个小时，一句话也没说，但为他背的行李一直就没倒过肩，他几次要换着背坚决不肯。他说那一路真体会到了什么叫父爱如山，一生刻骨铭心。实际上真正的爱是不需多少语言和道理的！

我等走上社会求学或工作，父母很少过问学习和工作的事，家里的事包括盖房和生病的事也不告诉我们，怕的是分心，在他们眼里孩子学习事、工作事比家里事要紧。但家里如有好吃的或地里下来新鲜东西，一定会给我们留着。父母不会讲那些大道理，也知自身没什么能仰仗的，但会用最伟大的爱为孩子铺就前行的路。

奶奶去世后爷爷和叔叔住在一起。那时中秋节全家买一斤月饼，四块，母亲让给爷爷送两块，全家分吃那两块；后来买两斤，则给爷爷送一斤。家里有事来客吃馒头、面条或饺子，开锅首先是先给爷爷送去。我们外出上学或工作，回家后母亲第一句话是看你爷爷去。父母在做，我们在看，就知道以后应怎样对待父母了。

父母这一代，人生的最好时光在困苦艰涩中度过，到生活真正改善时就快进入老年了，令人唏嘘慨叹。他们把子女养大育成，没有多少书香，没有多少大的道理，靠得主要是人性、良知的浸润，传统道德、历史文脉的浇灌。如今当然须有新的视野、理念、知识，但把这些最基本的东西激发提升起来应作为首要。

父母要养家糊口，自然得面对现实。但几十年间与邻里、与家里人处得十分和睦，从没为得失而纠葛，为利益而相争。“大锅饭”时自留地连着边，改革后责任田相接，邻里间经常走动，鸡毛蒜皮事不时会有，有过误会生过气，但从没红过脸，并不让我们乱说。母亲朴素的大度忍让是个关键，影响着我们以后的为人处世。

朋友是人之社会关系的重要组成部分，朋友之情是仅次于亲情或相似亲情甚而重于亲情的一种情感。朋友是分层次的，够得上朋友的大致有三种情形，即：友好相处型，为大多数，占70%以上；密切合作型，既能相处且能做事，占20%左右；情投意合型，心灵能够交融，不会超过10%。交朋友不简单亦不神秘。

待人以善以诚，朋友自然来。待人交友贵在知性、坦然、宽厚、包容、持久，忌在庸俗、功利、心计、苛求、随意。有朋友在，人生才有滋有味，才会更平实、更温暖。现实的问题是不少人太刻意交朋友，但对朋友含义和交友原则的理解庸俗化、表面化多矣。大多数人一生最好的朋友就二三十人，滥交友等于误人生。

不记挂对人之好，想着做得不够；记挂人对己之好，不思人之不够，就会使与人的相处相往始终在踏实、快乐、幸福的状态中，内心始终是平静的。人人之间最可宝贵的是平等、尊重、真诚、体谅，有此朋友才会是长久的。功利化、庸俗化进入，朋友就变味了。

老实善良之人，大多不善或不会刻意去表白，也不一定每句话都说得悦耳，每件事都办得无瑕，但其内心的清澈和真诚会让你感到踏实、放心。处这样的朋友，也许一时没多大实惠，但对于人生却无可替代，弥足珍贵，会在无形中使心灵得到安顿，使自身得到提升。而那些花言巧语圆滑取悦者大多难以靠谱。

好的朋友是人的一个坐标、一面镜子、一把戒尺、一碗鸡汤，会让你明了如何行走，知道自身大小，祛除言行病症，保持平静心境。结交什么样的朋友，决定了有什么样的人生！

朋友是人的一面镜子、一把尺子，看到你的朋友就看见了你，知道你的朋友就知道了你，看朋友如何待你就会深刻了解你，看你如何待朋友就明了如何待你。交什么样的朋友决定着你的价值取向，在很大程度上决定着你的人生。好交友，慎交友，交好友，友好交，是立世处事的根基，是人生最重要的智慧之一。

释迦牟尼说过，友有四品：一如花，好时插头，萎时捐之。见富贵附，贫贱则弃。二如秤，物重头低，物轻则仰。有与则敬，无与则慢。三如山，贵能荣人，富乐同欢，登高望远，送翠成荫。四如地，百谷财宝，一切仰之，一粒种百粒收，施给养护，恩厚不薄。花友、秤友，均是利益之友，山友、地友才是君子之交。

先哲对朋友的解读显然是理想之境的理想化了。在如今万花筒般的多元社会里，朋友的概念早就突破这些而愈来愈宽泛，多为生活化世俗化了，学友、室友、商友、酒友、驴友以至狱友，都可演化或称之为“朋友”了，利益之友君子之友的界限愈益模糊，雅俗、清浊、高低相容是常态，对君子、高贵的追求成为选项。

观天阅海

风雨欲来风满城，经一个昼夜的酝酿演绎，终于有雨点落地了。久阴雨，太阳出，人欣喜；久大旱，风雨至，人畅快。几个月没有大雨了，大地、生命都在祈盼，愿它带来轻松、希望、丰收和力量。云渐浓，天渐暗，雨渐大，看来是要认真下一场了。远处工地上早起赶工的建筑工人一片欢呼声，他们可以进工棚休息了。

昨天一场洋洋洒洒的大雨，消解了正夏的燥热，给大地带来了生机，清晨窗外鸟叫蝉鸣，山上碧绿如黛，清新的空气扑面，有一股泥土的芳香，早起的人们也精神了许多，远处乌云压下，不知今日雨落多少。新的一日、新的生活就这样按既定逻辑有序地演进着！

进入盛夏，热浪早晨就感觉到了。这个季节是农作物生长发育最快时节，玉米、大豆、地瓜、花生，秋季收成如何，主要取决这一月左右了，丰沛的雨水、白日的高温、及时的追肥，都是最要紧的。城里些人抱怨、躲避炎热时，农民正在田间挥汗如雨了。好在现时可以在早间傍晚赶下工，午间在树下闲适放松了！

一年中最炎热的时节，高温映射出不同的人生、不一样的社态。度假的、旅游的、歇息的、赶路的、劳作的，做着不同的梦，有着不同的期待；在沙滩、在景区、在商场、在工地、在农田，上演着一幕幕彩戏，织就动感画卷。大自然不在乎人如何，按既定逻辑演进；人不在乎大自然如何，按谋生所需做戏。

面对多日的盛夏高温，人们多是抱怨和躲避。殊不知，这正是决定农田秋季收成的关键时节，玉米、花生、地瓜和各类水果、干果都要靠高温催发而膨大长成，如雨水充沛那就是再好不过了。农民在树荫下，看着一天一个起色的庄稼，更多的是喜悦和畅快。真是不同的人生不同的职业，决定着不同的心境。

记得十年前去日本，在伊东半岛山间遇暴雨，见山脚下横流的雨水几乎都是清澈的，行走时只有裤角湿，不见泥土脏，大为感慨，何时家乡能如此啊！此次大雨中见到不少山脚流下的水已很清了，让人欣慰，看来多年的绿化、治理见大成效了。持续为之，东瀛可追！

狂风骤雨对城市真是一次强制性全面体检，道路实不实、水道通不通、线杆牢不牢、绿化好不好、楼房是否透雨、悬挂物是否结实、低洼处是否积水、海岸抗潮能力如何，两小时风雨后就看得清清楚楚了。看来这个城市通过了体检，风雨中的宁静在证明着，使人眼亮的是山脚下和街道边流下的水大多是清澈的了。

今天立秋，标志一个季节的淡去，一个季节的渐来，尽管还得炎热些日子，但凉爽是挡不住了。因之，人的燥热感会慢慢消退，心态趋于平和，当是着手准备迎接收获季节的到来，播种新的希望了。人生和社会亦是如此。

立秋种白菜，过去对农民来说真是个大事，因为白菜关系家家户户一冬和半春的生计，所以无论如何都要保证这天把菜种上。尽管如今菜品多了，生活丰富了，但农民对白菜的情结没减，几天前就把菜地整好，只等时令一到下种了！

立秋后第一场雨落下了，多日的高温炎热退去了不少，空气中多了些凉爽的味道。实际上今年透山雨远没下够，不少农田旱呈旱象，水库蓄水不足。只不过因国内几地大雨肆虐，使人们对大雨格外警惕。防患于未然确应该，但还是希望有几场大雨来浇个透，自然与人都需要。一场秋雨一场寒，两场雨秋老虎就跑掉了。

今日处暑，炎热的夏日会渐去渐远，从前天就明显感受到秋风的清爽了。大自然的轮回就是如此神奇和规律，盛夏的美女还没欣赏够，秋风的飘逸又呈新的风采；过几日大中小学就开学了，开始了新的学年；农村进入收获的季节，且要播下来年的希望；其他行业也将谋划下年生计。社会生命力就是这样延续着！

乌云低垂，大风呼号，飞雨已至，城与山皆罩于暮色之中，一片混沌。看来今日是要这样过了。当是今年最后一场大雨了，雨收了，汛期就算结束了，天气就转凉了。雨透山了，水库满了，河川流水了，到明春水的正能量都足够，等下来就是收获希望了！

这雨下得洋洋洒洒，这风刮得酣畅淋漓，老天与咱凡人一样，每年总要大出两次气，吐吐不平泄泄怨，平平心态顺顺气，下够了，刮完了，畅快了，云开日丽，风淡气清，还你一个公道、友爱、温暖的世界！只是祈这雨这风尽量悠着点，可别太吓着碍着那些居于陋室的百姓和在街头奔忙的人们！

“布拉万”走了，天地在慢慢向正常修复，城乡渐渐趋于平静，人们的心回到了原处。这场风雨真是非凡气派，洋洋洒洒，把天地彻底浇了个透，让人感受了自然的秉性，让山河得到了洗礼，让城乡经受了检验，让生活增添了新彩，明日迎来的将是一个新的时空。天地发泄完了，轮到人们的就是好好干活吧！

清凉的初秋，收获的季节，使人浮躁的心态慢慢地平静下来，不快在一点点地散去，希望在一步步地走来，生活之路多了一份从容，伴随前行的是自在、美好！

秋风漫卷，天高云淡；播撒凉爽，季节转换；明天又到中秋，一年过去大半；自然不问人间是非恩怨，从容自在按自身的逻辑向前演变！

桌上一盆文竹，突扩一枝，疯长不止，离群独树，既不协调又不好看，咔嚓剪之，回到原状，顿感几分舒心。思之现实生活中，此类事岂不是更多，被剪之的可知是何材料、有何大用？

古人言春雨贵似油，如今是秋雨胜过油。晚间一场秋雨突至而降，下得酣畅淋漓、潇潇洒洒，使翘首以盼的百姓为之惊喜，给久旱的大地带来动力，为已播的小麦送去希望，城市的精神也为之一振，真是人算不如天算！上苍怀有平民心，自然会容天下人，前提是你得保持一颗敬畏心！

随着爽身沁心秋风的吹拂，深秋慢慢走近，田间秋作物大部已经收获，只有一些透红的苹果和金黄的柿子仍挂在枝头，格外抢眼，大概三五天也回家了；山中和路边的树叶由青绿变淡绿而转黄，在悠悠飘撒；农民家中大仓小囤满满当当，一车车的粮果菜正进入交换的物流；小麦之绿亦连成片，与摇曳的野草交相辉映。

秋日，天高地阔，色彩斑斓，韵味浓郁，收获希望，让人满足、充实、平和、畅快！

半宿狂风半夜雨，把时令一下带进了初冬，淡黄的树叶满街飘落，山中草木增添了不少沧桑，原来温柔的海水变得寒气逼人。往常这个天气过程一般在 11 月 20 日左右来临，今年似乎太早了些，北京等地还下起了大雪，让人有些猝不及防。前两日还有不少青年男女短衫短裙晒靓，今天应多是毛衫棉衣加身了。

秋风吹来秋雨洒，秋气浓来秋叶刮，秋色重来秋霜打，秋深寒来秋韵发。由秋入冬，春就不远了！——深秋有感。

立冬，标志着进入冬天了。但今日气温升高，温如初春，是小阳春的开始，当会持续数日，使人简直忘记前两天还在深秋的寒冷之中。大自然真是神奇，寒暑冷暖交替全在人的不在意之中，感受到了便是惊喜！

初冬味道渐浓起来，树叶多已枯黄，随意飘落着；松树变成了深绿，松球滚到地上；山中野草在无力摇曳，明显枯萎了；农田里除白菜外也无多少作物，只是麦田绿色格外抢眼；野兔出没多了起来，觅食的麻雀不停来去；淅沥的冷雨加重了寒意，街上行人不时耸起肩膀。秋冬的转换往往猝不及防，多彩而神奇的自然！

冬日是捂着藏着的季节，是积累充实的过程，厚积方会薄发，砘实才有壮苗！冬既已来，春天也就很近了！

傍晚，伴随着劲吹的北风，今年第一场大雪飘飘洒洒光临了，顿时山河笼罩在似雾非雾、似雨非雨的缥缈之中，大地铺满了银白，城市平增了几分神秘和风韵，东海远望如同一片绿洲。大雪与喜气相随，给越冬的小麦带去了营养，给干燥的空气送来了湿润，给孩子们添加了惊叹！只是晚上回家的人们不便了，愿他们平安！

昨日是“大雪”，大雪就如期而至了，今日将会持续为之，大自然的馈赠从不失约！洁白的大雪给山海赋予了诗情画意，给人们平增了不少喜悦，空气立感湿润纯净了许多，深吸一口爽心润肺；一些外地人专程来赏雪，那帮摄影发烧友更是忙得够呛，赶早爬山抢点，抓拍日出后的美景。只是给人们的出行增加了不便！

凌晨四时左右，环卫工人们就上路紧张劳作了，多少人在享受休息日的安逸温馨时，他们口中喷出的热气已在头上凝结成一层白霜。到太阳升起时，主要路段已清扫畅通，城市的生活正常运转。人们出行感受方便之时，可记得他们的默默奉献，可知珍惜劳动换来的成果？向他们致敬！

雪的天，似是一曲优美动听的交响乐，一会儿高亢，一会儿低沉；一会儿轻歌，一会儿曼舞；一会儿乌云密布，一会儿阳光四射。飞雪如同天鹅般的少女，从幕后到舞台，来去自如，尽情挥洒，舒展着婀娜多姿的身影，让大千世界充满着浪漫和幻想。白的大地、蓝的天空、绿的海洋、冻的山川，织就色彩斑斓的图画！神秘的大自然！

有大雪才真有冬日的味道！人要出气，天也要出气；人出气才和，天出气才安；人与天的出气正相呼应，出接互动。大雨大雪是天的一年两次大出气，亦是人的两次大接气，人立于地，天人感应、天地互通得到完美的展现。大雪降临了，天出了大气，人良性互动，接气通地，冬日就可顺畅优雅而过了，前景一片希望！

老天在补秋天的账，冬日里竟从从容容、大大方方下了近一天的“秋雨”，落地不语，润物无声，似春将临！大地的残雪被点化消融，山与城罩上层层流雾如入仙境，空气的湿润度浓厚了许多，麦苗花草多了一份嫩绿，天气虽是阴冷但少了许多冬季的凛冽，雨水入土全作为正能量储存起来，应是昭示着明年会更好！

昨天阴雨绵绵，今日阳光灿烂，除了偶见一点积雪知大约在冬季，似完全是春天到来的气派。看来真正靠得住的只有人自身和老天！

今天是“冬至”，是个重要的节气，告示人们“交九”了，即正式进入了寒冬。自然应验而至，雨雪交加，气温骤降，世界和全国不少地方还出现了极端天气，看来上苍要给予人的一点都不会少。同时今天又是所谓的“世界末日”，这种玛雅文化的说辞更多的是幽默和搞笑，世界上凡精神和心理正常的没几人在意。

乌云低垂，狂风怒号，清雪飘洒，大地冰封，“冬至”带来了严冬，末日没有出现，冬日在储存和延续着世界和生命！

上苍给新年送来厚礼，纷纷扬扬的雪花从夜里飘到午间。与前两次降雪不同的是，多了好些温柔，没有风催，没有倾泻，慢慢悠悠，自由散落，远远望去如同大雾临近，天地间几乎分不出上下。看到山间和路上的茫茫一片，才悟知轻风细雪较狂风暴雪之实力并不弱小。过两天就是新年了，愿瑞雪给天下带来好运！

新年后的第一场大雪，下得洋洋洒洒，落落大方，太阳时隐时现，云层时高时低，雪花在空中如同万千舞蹈的精灵，给人带来无边的遐想。天地之间茫茫一片，向远方延伸，演绎着梦幻的世界。只有山间的青松在挺立，迎风傲雪，昭示着绿色的希望。胶东神仙地，瑞雪兆丰年，愿在新的一年再得到应验！

把大地下白了不是大雪，把大海下白了才是大雪；把大地下满了不是更大的雪，把大海下满了才是更大的雪。今天这雪真是大雪，是更大的雪，远望之大海已白已满，山海城一体，分不出你我和南北，铸成了一个混沌银色的世界！好潇洒的雪，好神奇的自然。

入夜之后，春节的鞭炮声就不断，9时后更是密集，声声入耳，让人心动，多少团聚以此体现，多少愉悦以此表达，多少不快以此倾泻，多少期盼以此寄托，想想一年的365天，只这样一天举国上下齐欢呼，声声鞭炮实在是承载得太多！让它尽情燃放吧，送走过去，迎接未来，给更多家庭、更多人带来好运和希望！

已过零点，但爆竹烟花仍在燃放，由近及远，声声不息，让人难以入眠。国人在这上面载入得太多，发泄得太多，寄托得太多，以至于有这样一天一个时刻，而全然不顾，尽情挥洒，让爆竹声、烟花彩代替一切，昭示未来。是因这样的时刻太少，还是因有着太多的无奈，可能只有在中华文化的大书中才能寻求到答案！

今天是大年初一，一大早就被鞭炮声惊醒，远处的鞭炮声早已连成了一片，经久不息，一浪接一浪，昭示着昨日已经过去，新春确是到了！春日万物生，人们对新春有着太多的憧憬，寄予太多的期待，愿新春让更多的梦想变成现实，更多的希望来到面前，更多的阳光普照大地，使善良的人们有一个好运！

一些民俗都有着千百年的积淀，寄托着人们的信仰、期待，有着深厚的社会基础，有些即使今日看来有点粗俗或不合时宜，其改变也需相应的文化和环境的支撑，且是个渐进的过程，任何随意动用公权的行为都是一种莽撞，结果大都是适得其反。前几年一些地方禁放烟花爆竹后不得已又放开就是明证。

好过的日子难过的年，确是道出了如今的一些实情。年前上上下下谋划过年，走访、看望、福利成了主题语；年中老老少少齐上阵，拜年、祭祖、短信忙不迭；年后层层级级开会，动员、部署、督促节后工作。更有天南地北水陆空大迁徙。万千景象，似乎世界新天地刚从春节开启。春节承载得太多，它太累了！

冷静想一想，春节的热闹、繁华实际只是少部分人所为。到农村走一走，到社区看一看，最普通的民众其实春节过得很简单，吃几顿好饭、放几串鞭炮、走几家亲戚、搓几天麻将即是春节的主要内容，许多家庭一个春节花费只千八百元而已。什么福利、聚餐、度假、游乐等，多为官家人和富人所为，离大众尚远矣。

过去有句俗语，叫“难过的日子好过的年”，是说过年就几天时间，不能铺张大了而影响一年的生计，因那时的日子实在太艰涩。现在反过来了，是好过的日子难过的年，因为现在把年搞得太复杂、太俗气了。传统年的韵味、气场、文化愈来愈少了！

正月初三，是春节期间走亲戚的日子，竟雪意浓郁，再现风情。这雪与前几场大雪不同，如白面撒下，轻轻悠悠，让天地间茫茫一片，大雾般笼罩着城乡，在高处远远望去真有虚无缥缈之感。这是春节后的第一场雪，也应是冬季的最后一场雪。瑞雪兆丰年，新春有吉祥，愿白雪给人们带来更多的丰收、温暖和快乐！

窗外大风呼啸，惊心动魄，让人难以入眠。不由思起，今年天气实太反常，大雪连绵、低温极端、雾霾遮天、沙尘蔽日，一幕接着一幕；同时曝出土壤毒化、地表水污染、地上水超标。这不能不让人担忧和焦虑，这地球到底是不是最后的家园？看来人类对大自然的无度索取正在换来大自然的无情报复，真是需警醒了！

大风刮了一天，越刮越大，夜晚已成狂风。在室内闻之，滚滚风潮似携雷霆由远而近呼啸奔来，令人惊心动魄，所有高出地面的东西都在摇动，狂风催出的各种声音似打击乐在震荡，空气中充满着泥沙的涩味。远处天空深邃混沌，充满着神秘色彩，只是近处闪烁的灯火显示人们的生活还在正常中。老天这是怎么了？

经过一个昼夜惊心动魄的呼啸震荡，大地渐渐回归平常，天空重开清明，东方显露笑面，狂风的余韵温柔了许多，只是气温从昨日的20℃一下降至0℃，让人知道虽时过惊蛰，但仍未走出冬日的生活。这个大自然，常态是愈来愈少了！

威海的雪是一大佳景，让世人知晓的过去多是央视新闻。但威海人周新堂发表于人民日报的《威海的雪》一文，用白描、生动的笔触，把威海的雪写实了、写活了、写神了，让人联想，令人神往。你想在冬日里，红顶的楼房、蓝色的大海、墨绿的山头，洁白大雪或漫天飞舞，或轻盈飘落，整个城市不就是个童话的世界吗？

清晨打开窗帘，大地竟是银装素裹，让人惊讶，谷雨时分白雪飞扬，实是罕见！昨日闻得太原雪飘，连连称奇，今晨就来到门口了，是为迎接百鱼上岸，还是夏日即启的标志，或是天下好运的昭示？

屋外狂风大作，大雨飘洒，天地迷茫。这是今年最大的一场雨，来得太及时了。小麦等它灌浆成熟，花生等它加力成长，春果等它发育膨大，山林等它化除火情威胁，几个月来北风飘落的尘埃也可洗刷一净了，受些影响的可能就是海上的作业和养殖了。真是人算不如天算，上苍不会亏待它的子民，只是人们要善待它！

不与梅花争春，不与牡丹攀贵，不与杜鹃赛娇，不与百花比艳，不在乎多少人不识，不管人们是否喜欢，一开就开个漫山遍野、洋洋洒洒、浩浩荡荡，让洁白连接蓝天，让清香荡漾城乡，更喜随手采摘，流进万户千家，既满人之眼福，又饱人之口福，这即是最普通的槐花！世上最普通的往往就是最伟大的！

实在没想到这个夏天热得这样早，热得这样久，热得这样狠，以至于忘了是处在海滨城市，放眼望去，原来大地几乎同热不辍。这是启示全球在变暖，是预警今冬会更加寒冷，是大自然在寻求自身平衡，或是昭示有什么事情发生？越来越悟不透的世界，越来越看不懂的自然！

滚滚热流展示着人们多彩的心境和神态，写字楼里的白领抱怨老在空调下真受不了，吹风扇的老人大呼不解决问题，打遮阳伞的少女惊叹地上怎这么烤人，狂卖空调冷饮的员工窃议再热几天奖金会更多，唯有那些劳作于工地上、田间里、街道边大汗浴身的人们心态最平，淡言之，咱就这个命，还能不顺着天，反正挨几日就过去了！

地球正在变暖，多少专家的说辞也不如这个夏天给人的印象深刻了。从乡村到城市，从内地到沿海，从南方到北方，人们都在热议夏日的大热，不少地方抗击热浪上升为公共行为。尽管热浪逐渐消减，但警示思考解决的问题多多。据说一些厂家正在运筹增加今冬的取暖用煤，安排越冬用品的生产供应，但愿是多虑了！

随着远处的雷声响后，天空淅淅沥沥洒下小雨，给闷热的大地带来一丝清凉。农谚说："一场秋雨一场寒，十场秋雨穿上棉。"这算是秋雨的开场白，但愿把今年的热浪一点点地带走，送来秋高气爽和收获的希望。人们受高温包围和蒸腾的时间太长，应当透透气、降降温了！

清爽终于轻轻地走近，一个多月的高温在慢慢地消退，秋天的气息在立秋十多天后感觉到了！蓝天白云下面的大海带来无限的遐想，绿树徐风迎面让人忘却夏日的闷热，更有一轮明月当空提示着中秋不远，街头漫步的男女精神了许多。秋到了，冬就近了，大自然按自身轨迹轮回，需要调整适应跟上的永远是你自己的身心！

开了微博尤其有了随手拍，发现和感受日常的环境里，一路的风景中，有那么多的美，有那么多焕发人激情的东西。春之生机、夏之娇艳、秋之多彩、冬之浪漫，织就了一幅幅绚丽缤纷、五光十色的画卷，让人遐想、向往和眷恋。用心欣赏、体验，会给人生增添新的情趣，多一些快乐和愉悦。心在美在，美在人兴。

冬日里，好友送来一盆结小果的花给生活加点情趣。有几位“土豪”来访，竟几乎异口同声地说，这花就像真的一样！即大晕，寻思戏语，但不可枉好友的真情，即要他们每人咬一果判定真假。一“土豪”戏言之，这年头假亦真来真亦假，有何好怪的？思忖，现时还真的如有些人所言，真情、真相、真实、真话、真诚正越来越成为奢侈品？

晚上在路边与一农民工聊天，他的话实录如下：家是四川内江，在重庆西，成都东，44岁，来这里三个多月了，在前面工地做木工，承包商雇的，有朋友介绍，月收入也不定，按干的活计算，多时一月有1万元，还行吧。她（指妻子）也在这儿，帮工地做个饭，有间小房，公司给租的。一天干多长时间不定，看工程进度，一般早6点上班。22岁结的婚。3个孩子:大的是儿子,21岁了,初中毕业,在这工地干活;大女儿16岁,在成都她舅那做点事;小女儿13岁,上初中,她爷爷奶奶照看着。俺那里一家大都是两三个孩子,最多有4个。这城市挺好的,人善,吃海鲜不行,还得四川口味,再就是春秋的风厉害,受不了。12月下旬回去,正月十五后回来。人生啊!

早5时许,不远处建筑工地就开始施工了,环卫车辆到小区了,远处山上有了劳作的身影,声音打破了清晨的宁静,新的一天开始了。细思之,世界主要就是这些最普通的劳动者在创造和维系着,他们一天天默默劳作,所得无多,以力气、技能和汗水体现着价值,改变着世界,造福于社会。尊重他们就是尊重我们自己。

快夜里11时了,不远处建房工地还在施工,机器的轰鸣声阵阵传来,让人难以入睡。更累更苦的是工人,同是劳作,深夜与白天在心理上的感觉大不一样,况且待回到工房入睡应是半夜后了。不明白的是,为何要如此赶工期,是人为因素,还是制度、规则有问题?无论如何都不应以侵犯他人休息权和工人权益为代价!

晚上散步,建筑工地旁遇一本地籍男性农民工,聊天中他说的情况:60岁了,在工地做木工,是承包工程老板招的。早6点上班,晚7点收工,中午休息2小时。三餐在工地食堂吃,馒头和菜,一天7元多一点。晚上几个伙计喝点啤酒,瞎吹,10点多睡,大通铺,七八个人。一天工资一百几十,还行。家里缺钱,得给儿买房子。有一女一儿:

女儿已婚；儿子在开发区开车，27岁了，没媳妇，都着急。老婆也不在家待，在开发区一家酒店打扫卫生，一月1500元，还挺愿干。一个月回家一回，收拾一下。家有八间房，一亩七分地，租给别人了，租金一年800元。还行吧，就是儿子的婚事是个心事，你有好活找我们吧。——普罗大众生活一瞥！

晚上见路边停一小面包车，几个光着膀子的农民工在搬啤酒，同时向车上搬空啤酒瓶，两位中年女子在记账清点。上前一问，方知旁边住着些来自四川的农民工，晚聚在一起喝啤酒聊天打发时光。两女子从当地啤酒厂进货，定时来送，既方便又便宜，空瓶抵顶部分价款。两女子的供货点还有几处，只是无营业执照。农民工以廉价啤酒打发无聊，两女子业余有一笔收入，各得其乐。自然机制、社会机制在调节着人们的生活！

晚8时多路过一建筑工地，见施工正酣，遂问一员工。告曰：下两天雨，误了些活，得赶工，不然国庆不能封顶，年底完不了工，包工头怕工钱有问题，这几日都加班，得晚10点收工。反正夜里也没事，干点吧，给钱就行，家里小孩上初中了，吃穿学都得用。他来自贵州黔东南，40岁左右。多少平民生活生计只是如此啊！

山角闲聊，养蜂者说："从浙江衢州过来，到这租车运费四五千元吧。年轻时一年在外11个月左右，随季节转，现在年龄大了，60多岁了，在外七八个月吧，老婆也不出来了，看家。80多个蜂箱，一年收入十几万元，好年景也不到

30 万元。辛苦啊，但也挺好玩的。家也没地了，也不会干别的，这维持个生活还行。一个蜂箱有两三万个蜂子，叫工蜂，只知采蜜，几天一茬；有一个蜂王，活五六年；雄蜂1000 左右，就追着峰王交配，不在箱里，在空中，培育工蜂，接连不断，很有意思。来这儿十几年，老用这个地方，不用花钱，给些蜂蜜就行了，人挺好的。不能向公家说，那不会让的。这蜂蜜百分之百是真的，放心吧。”

路边闲聊、打工者说：“河北邯郸广安来的，在对面工地干活，抹白（抹涂料），一月 6000 元左右吧，还行。23 岁了，结婚了，一个小孩，在那边玩。一起来的，工地有间小房，她带孩子，做饭。俺那里大多生3 个，也罚，但不多，两三千元吧。这地方挺好的，夏天不热，还挺干净的，那些景点听说了，一个也没去。”另一位凑来：“我 45 岁了，是他们的老板，来这儿好多年了，他们都是我带出来的，听我的，比在家里强。老婆孩子在家里，还有地呢，想什么时候回去就什么时候回去，一天的路，挺方便的。晚上没事就喝点酒，衡水老白干或二锅头，半斤没事，看我今晚喝了吧，别见怪，别的事就不告诉你了。”这是全国两千多万人的生存状态啊！

一四川夫妇来小城开个小吃店，门面很普通，约 20 个座位，做几个地道的川菜，夫做热菜，妇管凉拌，聘两个服务员。有点特别的是客人得自写点菜单，不得催菜，酒水自取，下午 2 时营业，晚 8 时歇业，周日休息，竟食客不断。访之，告曰，当个爱好，钱够花就行，别累着自己。可见其心态多么清静和淡定。这是否是大多数人最缺的呢？

晚路经一工地，因事与一打工者闲聊，他说："老家河南商丘的，来这里 4 年多了，在这儿做小工，搬料打杂，一天 120 元，我们那里比这儿差大了。49 岁了，老婆在家，种地，一年回去两三次。俩孩，都是儿子，大的上大学了，在焦作那里，小的在家，结婚了。我当上爷了，19 岁结的婚，凑付混吧。"不知这是多少人的生存状态！

晚路经一小区，见大约有百名中老年妇女在空闲地轻松跳舞，有音乐，但压得很低，5 米左右才隐约听见。好奇，遂问之，告曰，都是小区的，家里不是有孩子就是有老人，不能碍着他们。他们处理得多好！如都这样，像对待家人一样对待他人，设身处地地为他人着想，广场舞、街头舞完全可以与生活共存，方兴未艾。

一切都是相对的，一切都以时间、地点、环境、心境为转移！比如，北风吧，在北京人眼里，过去意味着干燥、寒流、寒冷，来之前很多天就似狼要来了，相互提醒关照，早做准备；如今呢，则意味者温暖、清澈、蓝天，听说将到就"喜大普奔"①了，人人绷着的脸上放出光彩，似是过大年！人如大自然一样又幼稚又神奇！

窗外的风声雨声声声悦耳，一阵忙似一阵，老天终于正经地播撒了一场春雨！三个多月的大旱让大地与人都焦灼了许多，小麦的起身拔节失却了最佳期，山头虽已泛

① 网络语言，其意是"喜出望外、大快人心、普天同庆、奔走相告"。

绿但缺些光泽，劳顿的人们多了几分压抑浮躁，大自然的力量真是无能替代。愿这场好雨滋润大地绽开新姿，让人之心境舒展从容，迎接希望好季的来临！

这春雨不下则已，下则下个够，淅淅沥沥，从从容容，昼夜不辍，尽情挥洒，直把个大地浇个透喂个饱。联想到春雨贵如油的古语，真感到奢侈了。也许是老天爷对前期大旱觉得愧疚，也许认为晚春更应多发生。雨后山河易容，万象更新，一年最富生机的时节展现，不能不感叹老天爷是最公平的，还真得敬畏它！

一个人，一样食物，一项运动，一种情怀，一天假日，没有哪个节日还有如此丰富深厚的内涵，育百代而生生不息，穿千年而更展魅力，越江海而多显风采，源远流长，博大精深。对国家、对民族、对文化的认同感、归属感、自豪感，即是由这些伟大的中华文化无声浸润、点滴养成的。端午节是也！

连续的高温，让海滨城市也真有夏天的样子了。城里人眼里这是大汗，街上的少男少女许多打起了遮阳伞，行走的人们放慢了脚步，冷气开放成了商家的广告；乡村人眼里这是大旱，久未雨也，地里庄稼快支撑不住了，山地的玉米接近干枯，有的村用水已陷窘境，树荫下的农民感叹南方那么多雨水为何不能匀一点来？

一天的急风暴雨算是把老天几个月来的欠账还上了，山上浇透了，地里注满了，城中横流了，大海涨位了，人们的满眼都是雨水！暴雨是城乡现代化水准最好的检测剂，看看雨中沟壑流出的浊水、马路上汪洋般的积水、到处冲刷和飘浮的垃圾、被阻隔的公共交通、漏水的房屋，就会知道我们离真正的现代化还有多远。

人们多是善良地希望，好雨知时节，随愿不成灾；好风送清凉，跟着四季转。但上苍塑造大地和人类时，就把正与反、阳与阴、上与下、好与坏、利与弊都设计好了，保持相对平衡，如同男与女、大与小、生与死一样。如此世界才能无限演绎进化。人的智慧和文明在于寻求和达到对自身最有利有益的那个平衡点。

闲言碎语

有哲人语：人与神最大的区别是，你真的不能掌控一切！

哲人霍普研究的结论：要想让焦躁不安的心灵平息下来，有两种实现途径——轻生或者行善。

你可以发财，但不应晒钱；你可以做善事，但不应炒作；你可以高调，但不应下作；你可以有心机，但不应悖公理；你可以张扬个性，但不应忽悠他人；你可以行走天下，但不能辱没文化！

人类社会文明进步的程度，不是看对权势和上司的顶礼膜拜程度，看对官员和领导的感激涕零程度，而是看：(1)对社会公德的认同共守程度；(2)对劳动者的尊重和对弱者的保护程度；(3)对知识和人才的敬重、宽容程度。

凡事设计为上，避免最次，得到其中，就算最好了。即定为上，避其下，得其中。亦是中庸之道之一意吧。

现时最不缺的话：大话、空话、假话、正确而无用的话、穿靴戴帽的话、言之无物的话、装腔作势的话、阿谀奉承的话、溜须拍马的话、八面讨好的话、表扬赞赏的话、千篇一律的话、稀里糊涂的话、昏头昏脑的话、气壮如牛的话、油腔滑调的话、狂妄自大的话、欺上瞒下的话、味同嚼蜡的话、无情无义的话。最缺的自然是与上相反的话！

每个人都有选择自己生存和生活方式的权利，但前提是你必须尊重他人的选择和劳动。

各个国家和民族都有一些东西融于世界，世界都有一些东西走进每个国家和民族，每个国家和民族都不能离开世界而存在，只因历史、文化、族群的不同而有了自己的印记，世界就是国家、民族融合的结果，当然融合需要过程，亦有程度之分。至于其他种种不过是学者和政治家因见解和目的不同而有的说辞而已。

《沉思录》有言：别以为你还能活上一万年，死亡已经在头顶窥伺着你，趁现在你还活着，趁你还能有所作为，好好做人吧！——真乃警人醒魂之语！

任何精彩隆重的好戏大戏都有落幕之时，世界上相对永恒的可能只有时间和空间。

公共道德准则应为公众共同订立，共同遵守。其他机构和组织只应当在法治下为公众服务，不可以用自己的道德标准干预公众日常生活。

浮华、豪华、奢华的蔓延，是一个社会浮躁堕落的突出表现；简单、简约、简朴的共守，是一个社会文明进步的重要标志。这对于看人大体适用。

自己的事与他人的事、老天爷的事多是连在一起的，想简单都不能。关心好他人的事，顺应好老天爷的事，才能更好地打理好自己的事。

中华文化博大精深、源远流长，说会被消灭是危言耸听。但中华文化只有面向世界，与时俱进，摒弃过时、落后和腐朽的东西，吸收世界的先进文化、先进理念，增加生命力、感染力、融合力，才能长青不衰。

哲人孟德斯鸠对自由有段精准诠释：自由是做法律所许可的一切事情的权利；如果一个公民能够做法律所禁止的事情，他就不再有自由了，因为其他的人也同样会有这个权利。这有助于廓清对自由的种种误读，法律不禁止的皆可为，可享最充分之自由；法律禁止的决不可为，为之就将失去自由。自由当有清晰的边界。

每个人都有闪光之处，发现他人之光，是一种眼界；借用他人之光，是一种智慧；以他人之光提升自身，是一种远见。

受不得委屈，趟不过江河；太在乎委屈，攀不上高山；忘不了委屈，难轻松前行；为委屈所绊，就无法成功。

自尊而不炫耀，高贵而不傲慢，谦卑而不低贱，深邃而不阴暗，博学而不卖弄，担当而不蛮横，坚守而不固执，阳光而不张扬。——学习做好人做君子！

每一粒种子都长成大树，天不能容；每一朵花都结出果实，地不能容；每个人都成优秀之才，人不能容。高低、雅俗、优劣、大小、上下、左右共存共处，才演绎出丰富多彩的人生和世界！

外圆内方，入乡知俗，率性而不由性，随波而不逐流，守操守而合群，容世俗而心定，虽不赏而少抱怨，承委屈而有作为。

欣赏自己寻快乐，快乐之中找自信，学会自信求自立，自立方能得自由。欣赏而不陶醉，快乐而不放纵，自信而不自封，自立而不傲慢，自由更有担当。

以爱对世，以善对人，以美对事，以真对心，你的生活就会充满希望，前景就会一片光明！

谦和、宽容、忍让、冷静，是人历练、经验、智慧、理性的体现，是教养、修养、气度的崇高境界，有此就会自信坦然地面对一切！

学会放弃，方有所获；接受残缺，方可平和；抛却心累，方得从容；去除浮躁，方守静安！

过失之行，人皆有之；歉疚之心，人人当具。真诚道歉，是修养、气度的表现，是能力、水平的展示，既愉悦他人，又提升自己。减少过失，赢得信任，处好朋友，多些成功，不妨从学会道歉开始。

鸟的翅膀再大再有力，只要绑上黄金，染上世俗，就等于昏聩沉沦，很难再高飞远达了。人大体如此！

输是一种境界，退是一种智慧；输而不颓废，退而不失志；输而求生存，退而求进取；顺其自然，顺势而为。

掌控自己，掌控心智，掌控时机，让你远离被动，自在从容，自信前行，获得成功！

专注大事，目标太高，小的、个人的东西就会被忽视。小的、个人的东西是人类社会大厦之根基，漠视、淡化、轻蔑它，根基损伤就难以避免了。做好公民，做好本分，淡然处事，轻松生活，社会就有你无限的空间和浪漫。此要求并不高，贵和难就在持续。

笑容、微笑、大笑、傻笑，皆是秉性、率性的直露，是善意、良知的表达，是对人爱心、尊重、友好的展示，是基本的生命力、凝聚力、推动力，最容易做又最难做。做一个好人，做一个好的领导者，做一个好的员工，做一个好的朋友，需做的很多，但首先的是真诚地展现你的笑容。切忌的是不屑之笑和冷笑。

有爱人之心、律己之功、示范之形、合群之力、聚人之能、担当之责，当为君子也！君子不神秘，亦非不可攀，持之修养修炼和自省自悟，人皆可成。有君子而大众可随，君子众而社会安。

就普通人来说，敢讲实话体现真诚，展示真实体现正直，更能让人接纳和信赖，也是自身最大最持久的动力。

只不过现实中不少相反的例子让人模糊了双眼，心理倾斜。普通人如无他靠，靠得住的就是此。

青年人的认同、梦想、自信、冲动、冒险、激情、定力，永远是创新、发现的最大动力，是奇迹出现的不竭源泉，是国家和民族的希望所在。保护、支持、激励、宽容青年，才有美好的未来。

认死理，钻进牛角尖出不来的人，还真常见，此现象每个人可能都有过，这与秉性、知识、经历、思维方式、利害关系、特定场景等有很大关系。这需自身的体验、感悟、自省，更需外部的启发、引导、开化，时间、环境、氛围可能更管用。如属心理障碍问题，则需专业的知识和方法了。

先哲一语“我一无所知”，永远让人警醒！如果真的好好想想我们到底知道什么，知道多少，面对茫茫宇宙、大千世界、社会变幻、人间冷暖，只能承认我一无所知。并非不可知论，而是保持敬畏！

整体而论，只有不称职的上级，没有不合格的下属。上级对下属最重要的是，尊重人格，创设平台，激发潜能，营造环境，关心体贴。下属则当尽责、创新、理解、维护。平等、真诚、沟通、互信，则是建立和保持正常、和谐、稳定的上下级关系的重要原则和要素。

人类的最高智慧当是不在于独创了什么，而在于将人类创造的一个个文明成果，综合提炼升华而用之，综合大于总和，是新的创造。乱贴标签无异于拒绝文明。不然就难以理解人类文明能走到今天这种相通相融共容共处的层面上。未来只会是在此基点上更快地前行。

对参与社会变革的方式作何种选择，与每个人的学识、理念、经历、利益、阶层等密切相关。思想、文化、利益的多元，决定了选择的多元。领导人最大的智慧在于求得最大公约数，把不同的人、不一样的取向融聚在一起，形成合力，一以贯之。

信誉也罢、服务也罢、质量也罢，都不是靠标榜出来的，站得住、立得久，靠的是真功夫、实本领。标榜可兴一时，不可立长远；可取信少数人，不会赢大众。市场上叫得最动听的人往往是想把最劣的商品卖出去。时间是最好的标准，人心是最公平的尺子。

做梦的人畅想天地，指点江山，描绘未来，规划蓝图；做事的人躬身以行，踏实亲为，精于完美，实现梦想。两种人的结合，成就了事业，造就了世界！

成功是朴实无华、人皆可为的，与名权位、财富并不画等号，并非像所谓成功人士说得那样玄而又玄。真正的成功是人生命的感觉、平衡，体现在每个人的心中，在日常的生活中。

实际上，做好很多事情并非就需要深奥的理论、崇高的思想、精深的技术，需要的倒是普通的常识、虔诚的态度、负责的精神。小事做得如何，凡事做得如何，眼前事做得如何，往往就体现出了素质、态度与风范。下至一个人、一个团队，上至一个民族、一个国家，很大程度上是如此。

经济发展了不等于素质提高了，财富增加了不等于修养俱进了，知识增多了不等于品格上位了，职务提升了不等于觉悟同步了，国力强盛了不等于理性成熟了，如同年龄变大了不等于明礼了一样。国家前行中文明与粗庸、喜悦与无奈、高雅与低俗的并存纠结，恐怕还得持续相当长的时间！

立守宝贵之寸寸光阴，感受平实之简朴意境，处于纷扰之中而持清心，涉关利禄之争而保纯净！

有超群见识和能力的人大多有独特性格，动辄以固执、狂妄论之，以常规待之，则人才失也。识人、容人、用人之才、之量、之能，主要体现在如何对待这些人上。

三思而后定，定后冷三分，后退一步虑，决策多可行。激情飞扬和颓唐懊丧时作出的决策正确率、成功率不足20％！

大事贵在糊涂，因清楚者都在管事；小事贵在清楚，因别人不会管你的事。

音乐是上苍发出的符号，是源自心灵的呼唤，点亮人性的灯塔，启迪良智的光芒，激荡情感的江河，播撒幸福的

种子，使现实的生活得到动力支撑而精彩动人，让纯朴的世界得到滋养浸润而五彩缤纷！

沉淀是一种修炼、一种自省、一种提升，不沉淀难以宁静，不沉淀难以成熟，不沉淀难以致远！

宽容，心灵放飞的操纵杆，人人相处的润滑剂，社会进步的变速器。

自律、他律、法律缺一不可，三者的有机结合，共同作用，造就健全的人格、健全的社会。

人性中与生俱来有善和恶两面，发现恶，祛除恶，战胜恶，是人之心灵修行和救赎的主旨。唯此，善的一面才能生长、发育和光大，才能成为善者。

很多东西别人教和带都不成，要靠自身的悟性，悟性的高低，决定着人行多远，达多高。

留些空间，留点余地，益于他人，利在自己，多了从容，增了惬意。

信仰解决的是精神世界的问题，认知解决的是社会生活问题，二者有部分的重合，在蒙昧或现代文明状态下，重合的部分可能更大一些。

对世界潮流的正视，对国内大局的把握，对公众期待

的回应，对未来走向的洞察，在考量着国家的精英，眼界、胸襟、理性、理智、定力是最重要的。

中庸是中华文化最大的智慧之一，不走极端，不偏不倚，适度适中，和合为上。

以心换心，以诚待诚，以真求真，以情融情，得到的是无限的空间和高贵的世界。

人性、真情、个性、激情永远都是撼动心灵最强大的力量，唯有撼动心灵的话语才是真正有用、有益的！

心的定力是最强的定力，心的洒脱是最好的洒脱，心的解放是最大的解放。万物皆备于心，修身修性先修心，一切从心始！

修炼心，解放心，放下心，控欲望，少计较，多宽容，顺自然，就会对生命和生活的意义有更多、更深的理解和体验，前行的路上就会更加充实和自在！

自然的演绎有自身的逻辑，社会的进化有内在的规律，从来不在乎人的感受和评判。人只是天地间、万千中之一，知道自身的位置，保持着对自然的敬畏，遵循着社会规律，顺大势而为之，乃人之正道也。

平常心交友，交的是一生；功利心交友，交的是一时。简单随情相处，处的是快乐；复杂刻意相处，处的是疲惫。

欣赏眼光看人，得到的是愉悦；挑剔眼光看人，得到的是烦恼。

从来没有四海皆准的真理，亦无永远不变的眼光，增加些看问题的视角，面前是充满阳光的大地。

正直即公正、道义、爽直，爱心、善意、睿智是灵魂和前提，动机和效果应在此达到统一。正直不能成为简单、莽撞、粗俗的理由，正直需阅历、知识来充实，需修养、气质来提升，需人缘、气场来涵养。如此正直就会达到新的境界，真正成为做人处事的根基。

简单简约让人超然物外，从容自在；复杂计较使人难脱羁绊，身心俱疲。把复杂问题简单化是智慧和胸襟，把简单问题复杂化是阴暗和心机，前者为坦荡大度，后者是另有所图。

制度约束的是人，文化管住的是心；制度求的是规范，文化求的是自觉！

人与人之间的感情维护维持，爱心是灵魂，平等是基础，尊重是前提，宽容是保障，简单是路径，理解是要旨。

有承受方有所得，有责任方有收获，有担当方有尊重，有体谅方有理解，有包容方有轻松，有付出方有幸福！

表象是事物本质的外在直接反映，假象则是事物本质的曲折反映。透过表象和假象看到本质，是做有用功、求正效能的基本前提。这就需要有对事物实情的全面了解把握，有相应的逻辑思维能力、洞察分辨能力、正视抗扰能力。支撑此的是，务实的作风、弥久的历练、广博的知识、深厚的功底。

越是有修养、有内涵的人越是平和，越是低调，才是真正的有力量；越是粗鄙、浅薄的人，越是傲慢，越是张扬，才是真正的虚弱。看起来似乎强大的外表，掩盖不住内心的空灵和苍白；看起来虽然平和的神态，显示的是内心的自信和刚毅。

寂寞，是心灵的寂寞，能与心灵对话，永无寂寞之感，否则即使处在万人丛中，也是寂寞的！

有寒冷更觉温暖的宝贵，临风雨倍感阳光的重要；不经寒冷身心难以强健，不沐风雨生命不能长成；寒冷已到春天就很近了，风雨过后即是朗朗晴空。

持实诚之心、下笨的功夫、靠点滴累积，才能得到最好的结果。一蹴而就、抄道而行或投机取巧，可能得兴于一时，但一败涂地往往就在不觉中。

小河有水大河满，小河无水大河干。无民以存，何来国立；无民以劳，何来国兴。小河为源，民为国本，本固国安。

注重面子律己，放下面子做人！

以金钱量人量事，多把多彩量成了单调，把温暖量成了冷漠，把真诚量成了虚伪。金钱是好东西，但用错了地方，就成了负能量！

任何理论、思想，认知的都是客观事物的一个或几个侧面、一个或几个标点，都有历史的阶段性、局限性，其生机和活力来源于现实的土壤，来源于质疑和批评。离开现实的土壤，没有质疑和批评，就如同暖棚的花草，既经不起风雨，也难以持久。当是从此意义上，先哲早就说，生命之树长青，而理论总是灰色的。

无视社会进步是昧了良心，只知批判抹黑是心理变态，看不到问题危机是智商昏聩，一味埋怨责骂是精神障碍。以责任、践行、担当对国家、民族和人民负责，当是有良心、良智、良能的人的必然选择！

容得下心，方能容己；容得下己，方能容人；容得下人，方能容天下！

社会的正能量应该是：让假币作废，让真币增值；让假话蒙羞，让真话受敬；让傲慢无场，让谦卑润人；让耍赖受责，让正直张扬；让关系贬损，让努力畅行；让旁门路断，让守法得益；让窃国受诛，让爱国有爱。如是偏离甚至相反，那人们就会失去希望和信心，这对于国家和民族是可怕的，公义当全力使之避免。

带着欣赏的眼光、体验的心态去生活，就会感到处处是快乐，前行路上充满阳光！

市场投资人大概是这样的：资金是手段，赢利是目标；此路无君子，投机是常态；进退都不易，理智最难得；投入最重要，风险求最低；主观为自己，客观利社会。

周国平如此说：孟德斯鸠说，对一个人的不公，就是对所有人的威胁。因对一个人的不公所显示的是制度的逻辑，可以用来对待所有的人，无人能保证自己幸免。我补充说，对一个人的不义，就是对所有人的侮辱。因对一个人的不义，显示的是人格的卑劣，他不是在侮辱某个具体的人，而是在侮辱普遍的人的尊严。这个尊严是在所有人身上都存在的。所以，看见不公，我们要警惕制度；看见不义，我们要当心小人。——大师们的话就是这样深邃中的。在公不公上，公权当时刻自省，公众当保持警觉；在义不义上，个人当时刻自律，对他人当心就是。

亡羊很难避免，但为何亡羊、怎样补牢，需认真分析和深入思考，社会和公权需有更多的担当，尽更多的责任！

无论如何，人本回归，人性复苏，人文回暖，忏悔启动，对国家对民族都是一件带有历史标志性意义的事情！

单个的文字是僵硬的，连在一起的文字就是鲜活的；无意志表达的文字是畅行的，表达意志的文字就有了边界！

网上常见无知识的人骂有知识的，有点知识的人骂很有知识的，无知识的人互打，有知识的互掐。这岂不是社会可悲的现象？

在正常的社会环境中，一个连病重父母都可不顾的人，说他真心爱社会就是疯语；一个视小家为随时可舍的人，让他真心为大家就是笑话；一个要部属牺牲个人和家庭去塑造形象的官员，表现的是人格的沉沦；一个连自身都做不到而去向公众宣传某些事迹的媒体，表现的是社会的悲哀。社会温暖的基础在于每个人都正常。

让多数人富裕起来易，高贵起来难；接受教育易，能独立思考难；服从权力易，行使权利难；自由表达易，理性理智难；争辩是非易，学会妥协难。多数人的成熟度决定着社会的成熟度，没有多数人的成熟，少数人的前卫就可能被视为异类。财富的橄榄形与意识的橄榄形是对应的，我们走到这一步当还有艰难的路。

孔子的教导当算是普世价值吧？孔子还教导我们：(1)惜时："逝者如斯夫，不舍昼夜。"(2)治学："知之为知之，不知为不知，是知也。"(3)志气："三军可夺帅也，匹夫不可夺志也。"(4)气度："君子和而不同。"(5)统筹："文武之道，一张一弛。"(6)教育："因材施教，诲人不倦。"(7)视野："人无远虑，必有近忧。"(8)处世："君子群而不党。"

不认真做事，是因缺匠人精神；做不好事，是因缺匠人能力。现多是不缺思想缺匠人精神，不缺大师缺匠人。